SUNNY BOOKS

柳生一族的陰謀 一

三百年前・政治就是暗殺

林懷卿譯

目錄

第一章　天下地獄

柳生宗矩
文十郎
左門

一

德川家的第二代將軍秀忠辭世。

按照慣例，遺體在城裏停留一段時間後，便被移至德川家的祖祠增上寺。

江戶的天空，烏雲密佈，陰霾欲雨，遠處雷聲隆隆，閃電在聳立的樓閣屋簷瞬息即逝，陰沈的大地，似也在爲秀忠的死於非命而悲悼不已。

當靈柩運抵增上寺時，層層烏雲已化爲滂沱大雨，狂風夾雜着暴雨，打在寺的窗檽上似鬼哭號叫般，震撼着天地。

現任首席宰相，亦是秀忠得力助手的土井利勝，此次，被任命爲葬禮總管，他停立在寺廟長廊上的石柱旁，憤怒地仰視着迷濛的天空，全然不理會打在身上的雨點。

此時，有位和尚走了過來，向他請教道：

「雨這麼大，可能無法完成該做的事？」

「嗯！什麼事呢！」首席宰相望著和尚。

「例如將朱砂塡入靈柩中呀！這種天氣，必須特別注意，以免遺體潮濕、腐壞！」

「那個……」

土井利勝只皺了皺眉，不再搭腔。

他心想，像將軍這樣的貴人，死後，屍體應該用藥草、碳粉、原料等東西，緊緊裹紮存放於增上寺的隱密祠裡才行。

想着，他木訥的臉上，有了點表情。

「什麼時候才能動手？」

「等雨停了，過些時再……。」和尚恭謹的說。

「的確！唉！這也是不得已的事，你們看看好了！」

首席宰相再度把目光移向如瀑布般傾瀉而下的雨簾中。

夜幕逐漸籠罩大地，雨勢仍如排山倒海般，點燃的燭火，惟恐被飄洒進來的雨絲打熄，雖然外面罩了一層遮蓋物，但不斷夾雜着狂風吹落的雨珠，仍把它弄得閃爍欲滅。

寺廟的大廳裏，兩個官員奉令守着靈柩。

閃爍的燭光，映出了安置在廳堂四周牆壁上，渡了金箔的佛像，當燭光搖曳時，那些佛像也隨着左右晃動，而顯得栩栩如生。

此時，突然傳來一陣微吟的誦經聲，那聲音，聽起來就像出自近處，却又那麼低微細弱，彷彿虛無飄渺一般。

守靈的二個官員，提高了警覺，並豎耳傾聽，順着聲音的來源，把視線集中在其中一座佛像上。

是佛像在誦經！

——奇怪……

——不可能……

兩個人狐疑地互望了一眼，隨卽又把視線移向那尊佛像身上。

一剎那間，兩個官員的眼光，顯得遲鈍黯然，眼簾沈沈地覆蓋了下來，但他們仍挺直了背脊，端坐在椅子上。

微吟的誦經聲停止了，代之而起的，是大門所發出的輕微吱呀聲！燭光猛烈的搖晃着。

蝙蝠——不！是穿着黑色衣服的影子！

影子悄然無聲地飛了過來！一個！兩個……靜默無聲，甚至使人感覺不出是人的氣息。

眞的就像來去無踪的影子般！

這些影子輕輕地靠近棺木，靈巧地掀開了上頭的覆蓋物。

黝黑的棺木中，浮現了秀忠經過化粧的屍體。

其中一個影子，揭開了屍體的衣襟，另一個影子掏出預藏的小刀，「唰！」地一聲，刺入屍體的胸膛，並用力切開，接着，便伸手掏起了一個內臟。

那是一團紫紅色的內臟，是胃！

它映着搖曳不定的燭光，閃現着陰森森猙獰的光芒。

兩個影子抬起頭來，目光相遇，滿意地點點頭，爆出一陣猙獰得意的笑聲！這兩個影子，不用說，當然是人！

他們把掏出的胃，放進預先備好的袋子中，輕巧地縫好屍體的胸膛，整了整衣襟，把棺木上的覆蓋物重歸原位，一切復原後，又發出一陣低沈的聲響，爾後，又像影子般，靈巧輕盈地悄然逝去了！

聽到那低沈的聲音後，那兩個守靈的官員，重又張開了眼睛，並恢復了精神。

這兩個人由於作賊心虛，便偸偸地互瞄了一眼，探探對方是否發現自己曾打了瞌睡。

佛像在燭光下，發出耀眼的光芒，而棺木，仍靜悄悄地停放在漆黑的角落裏。

那兩個影子，由增上寺的走廊，躍向漆黑的樹叢中，當他們再度出現於寺廟的圍牆上時，又來了三個影子，而成了五個似幽靈般的影子。

這五個影子聚齊後，同時躍向地面。

這時——路的那端突然又出現了三個影子。

五加三，瞬息間，八個影子糾纏成一團。

但刹那間，隨着一聲低吟，有三個影子被彈開，重重地摔落在遠處的地面上。

其中一個影子，掙扎着由地面躍起。

但隨着他的躍起，說時遲那時快，一條白晃晃的銀蛇飛了出來，不偏不倚地打在他身上。隨着響亮清脆的碰撞聲，躍起於空中的影子，隨卽掉落於地，那揮出銀蛇的影子，迅速地靠了過去，並俐落地補上一刀，只聽到「哦」一聲便復寂靜，隨卽！又有兩個影子靠了過來。

「行嗎？」聲音極細。

「帶來了沒有？」

那兩個影子輕聲地互相詢問着。

此時，帶有小刀的影子站起來！好個矮小的個子！

「是不是這個？」

那矮小的影子把皮製袋子交給後來的兩個影子，然後，從地上撿起了纏在躺臥於地的影子脚上的鐵鍊。

那鐵鍊，就是發出閃亮白晃光芒的銀蛇。

「眞是乾淨俐落！好漂亮的手法！」

這是身材高大的影子所說的話！

「嗯！好……。」

三個影子同時輕躍離地，瞬兒間，便消失於迷茫的雨霧中了，一切又歸之於平靜！

路地上，躺着五具濕淋淋的屍體。

二

柳生但馬守宗矩，停住握着茶杯的手，看了看燃燒中的爐火，臉上閃露着一股沉痛憂慮的神情。

雨點不斷打在屋簷上，似萬馬奔騰般，喧嘩吵雜。

「形式……形式最重要！」

柳生宗矩皺皺眉，喃喃地自言自語着。

雜念像湧自天際的迷雲般，自內心深處衝了上來。

——從今天起，天下又將大亂了！

此次秀忠離奇死亡，似將使德川族重又陷入混亂中。

秀忠有兩個兒子，長子家光，次子忠長，兩人是同父同母的兄弟。母親則是秀忠的正配夫人於江與。

秀忠死時，家光年僅二十五歲，而忠長則是二十三歲。

家光年幼時，不幸罹染水泡瘡，日後雖痊癒了，但却成了個大麻臉，而且，有點口吃的跡象，因而，較爲沈默寡言，並罩着一般憂鬱的氣質。

然而，忠長却是個體格魁梧，飄逸俊俏的美男子。

可能是外貌姣好，因此，性情開朗樂觀，頗似母親。

於江與的母親，是號稱「東海道第一美人」西市。姐姐則是被稱之爲弄垮豐臣秀吉家，傾國傾城的美女淀君。因此，不用說，於江與必定是一個美女了！

她們家可說是承繼了織田信長家族「漂亮」的血統！

至於膚色黝黑，個子矮小的家光，則於承繼了德川家康家族的血統，非但外貌承繼，連性格也都繼承了！

這種性格，即是沈默寡言，以「忍」平定天下的德川家族的傳統作風。

在這世上，雖同是兄弟，但有人深獲父母恩寵溺愛，有人則備受父母冷落漠待。

秀忠夫妻對兩個孩子的愛，便有此天壤之別。

雖同爲己出，但他們總認爲家光沈默寡言，心中不知在想些什麼且相貌不揚，因此，對他就不免冷落了些。

而忠長，開朗又聰穎，當然較討父母歡心！

其實，秀忠之所以會厚彼薄此，受於江與的影響，不可謂不少。於江與是個好勝心強，且嫉妬心重的女人。她絕對不允許秀忠除了自己外，還另闢妾室。

秀忠終其一生，只擁有過一個小妾，但後來被於江與識破，而將那女人放逐了，而她所生的兒子，也險些慘遭毒手。想不到一人之下，萬人之上的秀忠，也是個懼內的男人，對太太，仍是言聽計從的。

女人大都有種偏向，認爲娘家的人比夫家的人好。好惡感非常顯明的於江與，自不例外。

對於面貌酷似娘家傳統的忠長，疼愛有加，而對於像狐狸般的父親的家光，卻視爲眼中釘。

一向懼內的秀忠，受了太太的影響，自然而然地，對孩子的感情也有了這種偏差。

秀忠夫妻對待孩子的差別待遇，在衆諸侯及家臣中，也引起了敏感的反應。

「顯然地，繼位者是忠長君！」

因此，較敏感的家臣和諸侯，都爭相巴結忠長。

家光的奶媽春日局，把這一切都看在眼裏。

她覺得這對家光是不公平的，便獨自前往駿府，向家康哭訴。家康聞此詳情後，便親自出馬，來到江戶，並公開向外發佈：

「家光才是眞正的繼承者。因爲他是嫡長子，也是我的長孫，至於忠長，你來駿府，我把所有領土讓給你！」

春日局的擧動，日後備受衆人譴責。

但等家康死後，他的話可能也會隨之失效。

不！應該說，家康一死，再也沒人駕馭得了秀忠，他便可能我行我素，爲所欲爲了！

今年三月三日的節慶中，秀忠在大庭廣衆下，把忠長召到自己跟前，且絕口不提家光。

「大納言！來！這杯給你！」

當時，忠長獲得了祖父的全部財產，是年領六十萬石的王侯，在當時被人稱之爲「駿河大納言」。

秀忠這種舉動，已明顯地表示了一切。

顯而易見的，家康的遺旨被秀忠作廢了！

此時此刻，秀忠是最高的權威者，他的意旨是不容反抗，也不容違背的。於是，擁護忠長的一般人，便極盡所能的接近忠長，巴結他……。

五月五日端午節的慶典中，家光因感冒未癒，未克前往參加，但敏感的人士却認爲，廢嫡的事似已成定論了。

端午節後第四天，亦卽五月九日，秀忠離奇暴斃。

那天，吃過中飯不久，秀忠覺得胃悶，兩小時後，便氣絕身死！

根據御醫診斷，秀忠乃食物中毒而死！

雖是如此，但由於死得太過突然，而且，當天晚上，他的試毒官也自盡身死，因此，其死因便引起叢叢疑竇！

雨越下越大！似排山倒海，又如萬馬奔騰！

——我內心裏，事實上是偏向忠長的。

柳生宗矩心中默默地想着。如果，自己不是家光的劍術指導兼太傅，恐怕也會爲了擁立忠長而助以一臂之力。

當然，家光也絕非外傳的白痴！

——但如果說他是個傑出人物，也未免太抬舉他了！

柳生宗矩緊縐着眉，泛起一絲無奈的苦笑。

柳生宗矩指導家光練劍時，總覺得他反應遲鈍，本來，宗矩以爲，這種遲鈍也許僅止於運動方面罷了！後來，宗矩也問了指導家光其他學問的老師，才知道，家光各方面的才能都非常貧乏。

「不……主子將來要成爲大將軍，而不是學者，所以……。」

假如，硬要找出家光和其他人不同的地方，只有一樣，那就是讓宗矩一想起來，便失聲發笑的一個小癖好。

幼年時，家光總是對他的玩伴說：

「做！做做！做呀！」

然後，拉下褲子，露出小鷄鷄，毫不在乎地讓他的小玩伴把弄。

「我疲倦了？換點別的吧！」

小玩伴都覺得力不從心了，家光却仍樂此不疲。

據說，當今的宰相松平伊豆宋，便常被分派予這份差事。

這種自慰的行爲，原就是見不得人的事，本應私自偷偷地進行！但家光却毫不避諱地任人把玩。

對於他這種行徑，人們都稱讚道：

「到底是出身名門，不同於凡人！」

「要想將一個平庸的小孩，訓練成不同凡響的人物，主要是教育的功效！」

——那只是一種形式！

柳生宗矩常常這麼提醒自己。

形式！是的！這是家康一生堅守的原則。

「柳生宗矩！無論是劍術或其他事情，我覺得，唯有重視形式，才能有所成就！」

那天晚上，宗矩陪着春日局去向家康哭訴時，家康便如此告訴宗矩。

「卽使是平凡庸俗的人，只要爲其整頓形式，看起來，也會覺得不同凡響！有了可循的形式，又肯於遵守形式的人，必能成大器！我們家一貫的傳統形式是，每個人皆應承認長子就是繼承者，雖然，我的長孫庸俗平凡，但只要有賢明的宰相，輔理國政，一樣能使國家日趨繁盛。

通常，一個家族中，總因父子、兄弟相爭而趨於滅亡，同樣的，德川家族如果也發生了兄弟內鬨的情形，必會導致天下大亂！」

就這樣，家康立下了嫡長子繼位的形式。

但秀忠卻破壞它，而種下了繼承權混淆不清的亂局，終至爲自己召來了不幸。

——天下大亂……

不！柳生宗矩絕不容許這件事發生！

假如，天下眞的大亂，必有人從中挑撥離間，以使德川家衰敗，那麼，號稱天下第一劍的柳生家，可能也會隨之倒垮。不！不……即使德川家穩如泰山，但如果由忠長繼承爲將軍，那麼，站在家光一方的柳生宗矩，必有生命危險！

無論如何——雖然太子是那種連自慰行爲，都要假他人之手的無用人物，但還是應該讓家光繼承將軍一職的……。

因此，即使得犧牲自己三、四個兒子，也在所不惜。

——爲了柳生家族的生存，只好橫下心來，即使是違背良心的事，也只好睜一隻眼，閉一隻眼了！

柳生宗矩無奈地搖搖頭，重又握住茶杯。

雨終於停了，四周一片闃寂，空氣中泛着一股沈悶悒鬱的緊迫氣氛。

三

「終於回到家了！還好！三個人都平安無事！」

一道低沈的聲音，自外頭飄送進來，接着又說：

「我們必須去把衣服換掉！」

外頭有了動靜，屋裏的柳生宗矩，却毫無異樣！

宗矩把茶杯裏的茶，一飲而光，剛才，臉上那抹憂鬱的神色，也一應而光了！在短架燈柔和昏黃的燈光下，映現着將軍家的劍術指導老師，亦即天下第一劍柳生宗矩那溫厚安詳的臉龐。

此時，紙門上傳來了輕輕地叩門聲。

「進來！」

宗矩的聲音剛落下，隨着紙門開處，三個影子依序魚貫地走了進來。那是兩個男孩和一個女孩。

他們都是柳生宗矩的親生子女，包括次男左門友矩，三男又十郎宗多，女兒茜。三個人已換穿了乾淨的家居服，但頭髮却濕淋淋的，掛在上頭的水珠，映着昏黃的燈光，不斷地放出閃爍的光芒。

女子茜捧着一個托盤，上面放了一個皮袋子。

「這都是茜的功勞！」

左門向宗矩解說道。茜羞赧地低下了頭，身體微微動了動，臉上展露了一絲輕柔的笑意。

「父親擔憂得眞有道理！」

聽左門這麼一說，宗矩的視線稍動了動！

「觀其招式與輕功，我敢斷言，那是渡邊黨的人，而那個皮袋子，也是以中賀的豬皮作的！」

柳生又十郎詳細地說明了一切。

「辛苦你們了！」

宗矩轉身從後面的茶几上，拿出一把銀製湯匙。

宗矩向皮袋子微微一鞠躬，然後解開它的封口，皮袋中裝着一團肉塊，宗矩把銀湯匙插入肉塊中。

其他三個人目不轉睛地盯着宗矩慢慢自肉塊中抽出來的銀製湯匙。

銀製的湯匙，呈現一片漆黑。

「唉呀！是毒殺！」

三個人不約而同的驚叫出來！

宗矩掀了掀嘴角！

「究竟是誰下的毒手呢？」

又十郎顫抖着聲音問道。

「眞沒料到他們會一不做，二不休地，連主公的遺體都敢毀損……。」

宗矩一邊謹愼地揩拭着湯匙，一邊低喃道。

「侵犯遺體固屬不該，但毒殺主公的陰謀，更是天理不容……你說是嗎？爹！」

左門蒼白着臉，靠近宗矩說道。

「兇手就是渡邊黨的人嗎？他們爲了湮滅證據……。」

「爹！據說渡邊黨就是宰相土井的手下，是他暗中訓練的一個地下工作集團！」

又十郎心浮氣躁，一口氣說了一大堆。

「那麼，這是土井大人……。」

「不！是我！一切都是我幹的！」

「……！」

聽宗矩這麼一說，三個人都楞住了！過了一會兒……

「爹！怎麼會……。」

左門喘着氣說。

「是我！的確是我！你們好好記着！」

「爹……。」

茜絕望地喊着，聲音比哭還難聽。

「現在，我要告訴你們，一條通往城中的秘道通道！」

「通道！什麼通道？」

「那是柳生鑽鑿的通道！」

三個人一聽宗矩的話，全屏住了息，直挺挺地僵立在那裏！此刻，他們的表情與剛才完全不同，除了震驚外，眉宇間還浮現了一絲窘迫感。

「敵方此刻正以着全副精神與武力，蠢蠢欲動，而且，土井又站在敵方的立場，這個人，如果與我們爲友，可說是「萬夫莫敵」，但一旦與我們對立，則是個最可怕的敵人。這將是個複雜的鬪智場面。從明天起，所有柳生家的人……不！所有流着宗矩血統的人，即使冒生命危險，也要爲將軍家盡一分心力，如果你們不表同意，那就說出來吧！爹將賜死予你們！」

燭光在激烈地搖晃着。

「爹，您的意思是……？」

「我們練了大半輩子的武，就全爲了今天！」

隨着左門之後，又十郎也深深地鞠了躬。

「茜也是爹的女兒！」茜激動地向宗矩說道。

「說得好！那一切就看你們的囉！」

說完，宗矩也鄭重地向三人鞠躬爲禮。

「哦！對了，我說茜呀！十兵衞呢？……有何消息沒有？」

「噢！十兵衞哥哥，他……。」

原本全身僵挺的茜，這時，全身有種微妙的變化。使人覺察了她溫柔，重親情的女孩性情！

十兵衞是宗矩的長子，平常最寵茜！

「五、六天前，曾接到他一封信，信裏頭說，他曾在伊勢看到了著名的兵法家，他說，他想看看那個人的武功何如……此刻，想必已回到根來衆那兒了！」

「派出快馬，速將他連根來衆一起追回，這是生死攸關的緊要關頭了！」

說完這些，宗矩突然覺得，全身有種無比的輕鬆感。

「怎麼樣，我們來喝杯茶吧！」

「嗯……。」

左門不置可否，隔了一會兒，才說：

「爹！孩子想喝點酒！」

「我也是……。」

又十郎也跟着左門，表示了自己的意思。

「對不起！……」

茜呑呑吐吐，似有所顧忌地說：

「我想吃奶媽爲我做的糕餅！……」

宗矩低聲笑了出來，本來就應該先吃糕餅再喝茶的呀！

「是嗎！好！那麼今晚想喝的就喝，想吃就吃，讓我們吃喝個痛快吧！」

「是的。爹……。」

三個人畢恭畢敬地鞠完躬後，便逃也似地，衝出客廳。宗矩望着他們離去的背影，默默想着：

——二十五歲，二十三歲！……不！二十二歲！還有，茜今年也有十九歲了吧！

大家都還很年輕，留在故鄉的老大——十兵衞，也不過二十七歲而已！眞可說是前途無量！

四

雨，滂沱大雨，正肆無忘憚地落在土井宰相利勝公舘的屋頂上，發出喧噪的叮咚聲。

雖已值深夜，但土井利勝的書院中，却燈火通明，首席宰相和忠長的貼身侍衞別木庄左衛門正促膝長談。

渡邊黨的首領渡邊半藏，剛離坐而去。

他坐過的地方，在燭影照射下，映現出一大片濕痕，原來，剛才因驚嚇過度，而弄得屁滾尿流。

「沒用的傢伙！」

別木庄左衛門輕蔑地說道。

「處心積慮弄來的證據，怎能被半途刼走呢！」

「唉！過去的事就別提了，也不必耿耿於懷了！由柳生宗矩奪取證據的事看來，我們可確信，這次事件必是毒殺！我認爲，要成功地處理這件事，是沒問題的！」

土井利勝微微一笑！充滿自信，顯示出，無論在攻略或戰略方面，他都能穩操勝算。

「你是說……。」

「怎能毒殺主公呢？……本來，我覺得甚爲躊躇，總以爲，不可以違背神君的意志，但事到如今，也沒有躊躇的必要了！我們可以放心地爲忠長公一戰！」

「躊躇?!老練一如宰相的人，也會躊躇！」

別木發出了一連串奚落的笑聲。

「大將軍一職，可是令人人稱羡的高位！如今天下諸侯和歷代羣臣都盼望英勇、豪邁的大納言公，能出而掌握天下，而且，已故的主公，也獨具慧眼，立他爲大將軍！……神君家康公，當時由於年邁，智慧減損，又被一個名爲春日局的老妖婦所蠱惑，才立那個黑臉的嫡子爲……。」

「別木！你不怕說歪了嘴！」

「是！」別木輕輕一鞠躬。臉上却泛着一絲倨傲且不在乎的微笑。

「你堅強的意志，頗令我欣賞，但必須時時提高警覺，萬不可掉以輕心，因爲，我們的敵人是柳生……。」

「宰相，從開始到現在，你一直對柳生存着一絲畏懼，你以爲柳生宗矩是何等人物呢！下官反而覺得，松平伊豆守才是……。」

「不！那裏！那裏！伊豆守的智慧雖高人一等，但膽識不够。而柳生宗矩則不同，在他長時期的練劍過程中，也練出了無比的膽識。同時，他的聰穎也是神君刻意鍛鍊出來的，他曾隨侍神君身側，徹底地看過神君征服天下時，一切的內幕！」

「聽說！他經常隨侍在神君身側！」

「如今，柳生宗矩已窺知渡邊黨的一切情況，並依據推測，認爲我與渡邊黨有所牽連，因此，我與忠長公間的連繫，便完全暴露了！他一定會以我爲目標，集中攻擊！唉！多恐怖！多恐怖呀！……」

宰相仰頭高聲狂笑，但，突然間又打住了，叫了聲「別木！」

「當然，我也曾經在神君身側，學習過征服天下的智謀，當神君承讓將軍職位時，並未將之傳於次子秀康公，而把它傳給了三子秀忠……」

家康的長子信康，在織田信長時代，因與甲洲的武田通敵，而被迫自盡。

次子秀康性情豪邁剛毅，智謀高深，在家康的兒子中，就屬他最爲卓越，關原大戰時，家康便曾嘆道：

「秀忠要是有秀康一半的才華，我就不必親自出馬了！」

關原大戰時，家康唯恐宿敵上衫由後偷襲，便將秀康留下防守，並任命秀忠爲中仙道主力部隊的統帥，可是，秀忠的軍隊，在上田時，被眞田的軍隊纏住了，以致來不及參加關原戰役。

因此，當家康欲將將軍職位讓與秀忠時，衆人皆羣表反對，認爲應由秀康繼立，但家康卻答道：

「我的兒子，皆出自我身，我可以隨自己所好，指派繼承職位的人，如今，天下既定，便不再需要像秀康那樣豪邁剛毅的人才了，戰後，收拾善後的工作，應由性情溫和的人擔任，一切皆應以天下事爲先！」

不過，據說家康不立秀康，還另有其因，因爲，秀康一度曾過繼給豐臣秀吉爲養子！

「我說呀！別木……」

土井利勝突然呼喚道。

「我所做所想的一切，都是爲了天下蒼生，絕無爲自己名利設想的私心，你仔細想想，一個是口齒不清的庸才，另一個是性情豪邁，能體恤萬民的辛苦，那一個適合繼位，是顯而易見的道理！」

「的確！如此明顯的事實，不用說，想必也人盡皆知！」

「是的，目前，我們唯一要做的是，爲忠長公而戰，這是一場輸不得的仗！」

「結城秀康雖被封爲越前七十萬石，卻也死於非命！」

「何況……。」

土井利勝向別木挪近一步，說：

「忠長公有拼死一戰的決心嗎？諸宰相們態度如何？」

此刻，別木的腦海裏，浮起了三個人的影像。

那是從前，家康爲忠長選任的三個宰相：

鳥居土佐守、朝倉筑後守、久能美作守。

——這些人的意志雖不够堅強……

別木皺皺眉，但隨卽又舒展了眉頭，說：

「忠長公的決心已定，而宰相們也必會擁護到底！」

「哦！是嗎……？」

土井利勝一時間，竟無法將停留於空中的視線收回來。

「請把我的話轉達給忠長公知道，請他堅定決心。以前三月三日的節慶中，當忠長先家光接受父親賞的酒時，兩人便已成對立之局了！對家光而言，只要其弟活在世上一天，他就不能高枕無憂，雖然主公年輕又英明，但爭奪天下，究竟不是簡單的事，請將這些話，轉達給他知道！」

「嗯！我知道了！」

別木使勁地點着頭，看起來是那麼用勁，那麼認眞！

雨，終於停了！狂風也歇了！只剩一絲輕微的和風，輕輕地吹動着院子裏的樹葉！朵朵浮雲，飛快地飃逝了！雲端露出一線迷濛的光亮，一輪清月，靜寂地懸掛在雲端裏，層層烏雲，在月光照映下，逐漸褪去！

——在關原戰後，亦是此情此景！

別木鮮明地憶起了，當時自己和一些戰敗的死屍，並臥在血泊中，月光皎潔，清亮的天空中，飃浮着朵朵白雲雖已是二十年前的往事，如今回憶起來，却仍歷歷在目！

——當時，自己也是爲了擁立石田三成，而拼死苦戰！

如今，又爲了擁戴忠長，而誓死爲之效力。別木突然覺得，自己的人生，竟是如此燦爛多姿。

——這將是一番轟轟烈烈的大事業，卽使吃了敗仗，也不足爲憾，關原一役中，不也如此嗎？

想到這，別木泛起了一絲微笑，覺得生存是件有意義的事！

五

當別木回到了忠長設於江戶的公館的同時，柳生宗矩亦前往拜訪松平伊豆守。

宗矩曾來過多次，對於這裏的一切，都很熟悉，因此，不等主人來請，便逕自進入客廳，靜候伊豆守。

他雖已向傳達的人交代過，有十萬火急的事要與主人商討，但伊豆守却仍遲遲未露面。

等了好久，伊豆守終於出現了。

柳生宗矩一見到伊豆守，便不知不覺的喊了出來：

「天啊！你是不是病了！」

伊豆守看來是那麼地憔悴！平常，那才氣橫溢、英姿煥發的神情，早已消逝無踪，眼睛周圍有着明顯的黑眼圈，兩頰瘦削，形容枯槁。

柳生宗矩內心裏，突然湧起一股不安的感覺。

——他一定是受到罪惡感的折磨……

當宗矩懇請他斥退在場的人時，伊豆守有點錯愕，並以懷疑的眼光，看了看柳生宗矩。

就在眼光流轉的剎那間，他憔悴的臉上，展現了一股跳躍的活力，拾回了往常的嚴峻。

等所有人皆退下後，宗矩便將視線牢牢地固定在伊豆守的臉上。那神情，就像在說：

——伊豆守！你臉上的變化，即使在細微，也逃不過我的眼睛…………

「昨天晚上，兇手進入了增上寺的靈廟中！」

「眞的？……那又爲了什麼？」

「他們想查驗主公的遺體……。」

「……！」

伊豆守的臉上，顯露出了恐懼的神情。

「主公的胄，被人竊走了！」

「這！這！這眞是大膽！放肆！」

「現在，主公的死已被確認是毒殺！」

「毒殺！……」

伊豆守睜大了眼睛，訝異地叫道，隨卽怒視着柳生宗矩說：

「你可知道，你在說些什麼嗎？」

「我當然知道，否則，怎敢來侵擾相爺的睡眠呢！」

「那麼，那個胃呢？」

「存放在我家，改天再將之火葬！」

「原來，毀損遺體的人是你！」

「不！切開遺體的，另有其人，我只是從他們手中，把胃奪過來而已！……我總覺得，將軍此次死於非命，事有蹊蹺，因此，便派人在靈廟附近巡守。」

「……。」

「毀損遺體，已屬不該，毒殺主公，更是罪大惡極！」

「……。」

「此次，對於主公遭受不測，抱着懷疑態度的人，不只我一人，另外有許多人都懷疑這件事藏有陰謀，尤其……。」

「尤其……？」

「相爺！我看，算了吧！」

柳生宗矩的聲音一直都很低沉，但話鋒尖銳，每一句話，都像亮晃晃的白刃，直刺向伊豆守。

伊豆守覺得招架不住，全身不禁不寒而慄！

「不肖！柳生宗矩！你曾任公子的劍術指導老師十九年，對公子敬愛有加。我想，那個毒殺主公的罪犯，很可能是由於過份敬愛公子，希望公子繼承將軍職位，却無法達成心願，只好訴諸於武力了！」

伊豆守渾然忘我，呆愣愣地望着宗矩。

「忠長公不乏擁戴他的人！而公子，也有我們擁戴他……相爺，你和公子是從小長大的朋友，而春日局則視公子如己出，此仍衆所周知的事，所以，誰會懷疑，誰會被懷疑，是很明顯的事實……。」

「嗯！」

伊豆守低沉地呻吟着，突然倒臥於地，發出悲凄的低泣聲，那樣子，看來像極了女人！

不用聽他解釋，只要看他的反應，便可揣測出，他就是毒殺主公的兇手！

——看他如此懦弱，怎能與人爭奪天下呢！

宗矩覺得好失望！也覺得自己的猜測不無道理。

伊豆守在下定毒殺主公的決心之前，不知費了多大的勁兒，更不知擔了多少心呢！

德川家犯上弑主的案件，已發生過兩次了，似乎是他們祖傳的技倆。不過，這兩次都發生於戰場，而不是由於偶發事件引爆的憤怒場面。但此次伊豆守弑君的情形，則是發生於承平時期。

伊豆守殺死了朝夕相處的主公，內心所受的衝擊，必極爲嚴厲，雖怪他形容枯槀！

此時，柳生宗矩突然想起了明智光秀！

光秀是織田家的五大將之一，是個智勇兼備的名將。但當他殺死主人織田信長後，竟變得像廢人般，所作所爲，無一不是背道而馳，因此，豐臣秀吉不費吹灰之力，便將其消滅了！有人說，光秀之所以有此驟變，可能是他將全部智能集中於弑君之事上，事成後，由於智能已盡，因而形如廢人！

終日馳騁在沙場上的武將，亦不免如此，更何況生長於承平時代的伊豆守！當然會忍受不了弑君之罪惡感的折磨，而憔悴蒼老。

宗矩一手搭在嚶嚶啜泣着的伊豆守肩上。

「呀！」驚叫聲甫落，伊豆守四脚朝天，被柳生宗矩壓倒着！

「哇」隨着伊豆守的哀號，一集白晃晃的小刀，已抵住了他的喉頭。

伊豆守面如死灰，沉默不語，只驚懼地望着柳生宗矩。

「殺主人者死！你應被判下地獄！該死的東西，本人將替天行道！」

柳生宗矩憤怒地吼着，並作勢扭了扭小刀。

「喔！」隨卽又用力頂了上去！

伊豆守發出了無助的哀鳴，軟弱無力地向後仰！

柳生宗矩拿下了小刀，並將刀收入刀鞘，靜靜地望着僵挺地仰臥於地上的伊豆守。

——差勁透頂……

宗矩無奈地苦笑着。

——會不會做得太過份了！

宗矩抱起了伊豆守，並解開他的穴道。

——哦！你！你是……

他看了宗矩一眼，隨即縮緊了脖子，全身直打囉嗦。

「相爺，剛剛你已死過一次了！」

「………」

「現在，你是鬼，知道嗎？你是替家光公爭奪天下的鬼。至於我，和你一樣，也是鬼！」

伊豆守抖得越發厲害了！牙根因爲互撞，而不斷發出刺耳的格格聲響。

「此外，還有一些鬼，如春日局……。」

伊豆守默默點頭，然後又說：

「這次是春日局央求我這麼做的！」

說這話時，伊豆守的聲音也是顫抖的！

「相爺，到目前爲止，一切責任都由下官負責，讓我分擔你內心的不安與痛楚吧！請穩下心來，發揮你平常的能力吧！」

柳生宗矩溫和地對他笑了笑，然後，以堅定的語氣說：

「相爺，請你轉告春日局，讓我們這三個鬼，同心協力地爲擁戴家光公子爭取天下而奮戰吧！」

不久，柳生宗矩便告辭了松平離去。

當他經過松平公館的大門時，心中想着：

——不知伊豆守是屬於那一類型的人？

人有兩種類型，一種是受過死亡的洗禮後，心頭便一直籠罩着那種恐懼感，而形如廢人。另一種人則是，由於戰勝死神，而產生自信，並勇敢地接受下一個挑戰。柳生宗矩暗中祈禱，但願伊豆守是屬於後者，因爲，宗矩一向所擔任的，都是地下工作，因此，必須由伊豆守負責表面工作。

六

柳生宗矩覺得，踱步於家光房間外的長廊上的伊豆守與春日局的背影，有點佝僂、憔悴！

也難怪他們步履蹣跚，宗矩自己也覺得疲憊不堪。

今天，他們三人都參加了秀忠的葬禮，辛苦了一天，加上毒殺主公的罪惡感，因此顯得心力交瘁！

不過，春日局的步伐，看來比伊豆守穩健多了！柳生宗矩心想，春日局雖屬女流之輩，但比伊豆守可靠多了！

春日局的父親齊藤利三，是明智光秀的部屬，在山崎戰役中落敗被逮，處以磔刑。

春日局後來嫁給稻葉佐渡守正成，生有三個孩子，因不滿丈夫另闢側室，乃憤而砍殺那個女人，並棄家出走。

當時，適值家光出世，春日局在板倉勝重的推薦下，成了家光的奶媽。後來，得到家康的信任，而得以統御大內，但她和秀忠的御臺所（夫人）於江與總是格格不入。

兩個人個性皆很倔強，而且，佔有慾很強，同樣反對丈夫另築香巢。使兩人的隔閡轉爲白熱化的導火線的是：春日局偷偷跑到駿府向家康哭訴！

今天，家光也參加葬禮了，此刻，想必也疲憊不堪。因此，必是不歡迎這三個人的來訪了！

他以暗鬱的表情，睨視着三個跪伏於地的人。

「早就料到他的態度會如此了……。」

柳生宗矩心中懊惱地想着。

——連我都想改而擁立忠長公了！

他竟有了這種念頭。不過這一切，都是由於雙親對孩子的偏愛而起的。據說家光年幼時，也是個性格開朗，惹人喜歡的小孩！只是後天的環境，塑造了他憂鬱的性格。

伊豆守以顫抖的音調和家光寒暄着。

平常口齒伶俐的伊豆守，此刻像換了個人似的！

——這種人不能成大事……

視他爲同志，是否錯誤呢！柳生宗矩乾咳了一事，示意伊豆守繼續說下去，聽到咳嗽聲，伊豆守的身子猛地抖了一下！

「你們到底有什麼事呢！」

家光心浮氣躁，按捺不住地提高了嗓門。

「請斥退在此的下人們……。」

伊豆守的聲音，仍抖得很厲害。他回頭看了看柳生宗矩，然後膝行退後，重重地嘆了口氣，額上，冒着豆大的汗珠，好像完成了什麼大事般！

家光眼裏，露出了一絲懷疑的眼光，巡視着面前的三個人……然後，抬了抬下巴，示意侍衛們退下。

侍衛恭敬地鞠個躬，退下了！

現今的近侍護衛，有了莫大的改變，十年前的那種風格，早已看不出來了！就像一羣經過特別訓練的狗般，柔和溫馴，毫無個性！如今，要想找尋古代侍衛特有的風格，只能在諸侯的侍衞身上找尋了。

春日局臉色死白，抬頭望了望柳生宗矩，隨卽又跪伏下去。伊豆守仍伏在榻榻米上，維持着磕頭的姿勢，柳生宗矩則覺得自己的胃像被木架架起般，痛楚難耐。

三個人三種表情，只是同樣都有着逼人的緊迫感，而使得起居間的氣氛，變得沉悶異常，家光似也感到了這種咄咄逼人的緊迫感，身體不覺搖晃了一下。

這是個大賭注，他們要以千金不換的三條命，不！連家光，共是四條命，以及德川家族爲賭注，想孤注一擲地換取天下！

柳生宗矩曾向伊豆守和春日局說過：

「這件事，應由我們坦白告訴公子，如果讓他從別處得知此事，事態可就嚴重了！」

的確，假如家光由謠傳中，得知父親被毒殺，憤而追查兇手時，宗矩他們三人的性命，難保沒有危險，雖說沒有確實的證據，但首先被懷疑的，必是他們三人。卽使，家光因父親曾忽略自己，而不願追究兇犯，可是，其他得知此項消息的人，也不會輕易放過這三個人呀！首席宰相土井和其他宰相，必不容許這三個嫌疑最重的人，再留於家光身邊，很可能將他們放逐遠地！只要這三個人離去，家光便會不戰而敗！這是很容易看出來的！

想及此，柳生宗矩乃決定，乾脆由他們自己親口向家光告白此事的來龍去脈，並慫恿家光奮起而戰，卽使落敗，也比不戰自敗還値得呀！只要家光肯採取應戰姿態。那麼，卽使別人將毒殺秀忠的事透露給他，他很可能會一口駁回。

又，如果家光忍不下殺父之仇，而想將此三人處死的話，那也是命！話又說回來，如果家光眞是這種人的話，就不配與人爭奪天下，卽使就任將軍一職，恐怕也維持不了三天！

「兩位！這是個大賭注，雖未能穩操勝算，但對我們而言，却是無可避免的一仗！」

柳生宗矩在心裏反覆的想着這幾個可能發生的情形，然後，靜下心來，直視着家光的眼睛。

漸漸的，柳生宗矩終於穩住了自己，剛才那種焦灼不安的感覺已完全平息了，眼光中，含着一絲懾人的威魄。他暗自告訴自己，不論是好！是壞？一定要向公子坦白。

「公子，你仔細聽着吧！主公並非病死，而是遭毒殺致死……毒殺……。」

說完這段話，宗矩覺得，身體四周似有股熊熊的火焰包圍着他，使他不住的顫抖！

他並非憐惜自己這條命，而是恐懼着，自己將把弒君的滔天大罪向別人告白！

七

「什……什麼！……？」

家光震住了！就像一條火舌掠過身子般，家光跳開了一步，並縮成一團，令自己訝異的，是這件事的眞面目。因此，他焦灼地問道：

「什…什麼……你說什麼……？」

家光覺得，渾身的血液已全流光了般虛脫了，他覺得，柳生宗矩的話，不可能，因此，他好想說：

「不要在我面前胡言亂語！」

但嘴唇却起了一陣劇烈的痙攣，連一絲細微的聲音都發不出來！他好像作了一場可怕的惡夢般！

他覺得，自己仍沉沒在虛無的夢境中，只是，往昔每次在夢裏，自己都是個滔滔不絕的辯才，而現在，却連句話都說不出來，只是不斷地抖顫着，因此，他又告訴自己，不！這不是夢，眼前三個眞實的人還跪着呢！

終於，家光恢復了神智，勉強張開僵硬的雙唇，說：

「誰…誰……竟敢毒…毒殺我爹……！」

突然，家光覺得宗矩的背後似有股蠢動，而柳生宗矩的臉孔，也湧現一股奇妙的異彩，看來，就像個氣勢無比的怪物，使家光覺得好陌生！

「是我！」那怪物的嘴裏，吐出火舌來了！

「這一切，都是我柳生宗矩幕後指使的！」

此時，春日局跪着向前爬近一步，想辯白的哀號着叫道：

「公…公子，那…那是……。」

「眞…眞…眞的嗎？」家光瞪著雙眼。

「這麼重大的事，誰敢說謊呢！」

「怎…怎麼…竟敢把爹…爹……。」

家光淒楚結結巴巴的叫着。

隨卽，抓起了憑肘物，對準宗矩奮力拋了過去。

那憑肘物撞在宗矩頭上，彈了開去，衝破紙門，掉落於地，猛烈的撞擊聲，震天價響！

家光似餘怒未息，又擧腿踢向柳生宗矩。

宗矩「砰」地一聲，向後仰倒於地，接着，家光又伸手拔出了腰間小刀！

「等等，公子，是我！是奶媽我做的！」

說着，春日局用力抱住了家光。

「春日局，鎭靜一點！」

柳生宗矩情急地大吼了一聲，然後挺身端坐在那裡，鮮紅的血液自額頭上噴洒而出！

「放……放開我！」

「等等……等一等……。」

伊豆守也傾身向前，擋在宗矩和家光之間。

「此次毒殺計劃，全由我和春日局策謀的！」

「……………！」

「公子……！」

柳生宗矩任那鮮血泊泊洒出，也不去揩拭，注視着家光。

「難道你忘了三月三日的遺恨嗎？」

「……………！」

「公子……主公已抱定決心要廢置您……。」

「那……那……。」

「主公……您是知道的…………！」

「……………！」

「公子，您的心意，屬下能猜出幾分，公子是不想違背父君的意思，爭取將軍職位！」

伊豆守全身顫抖，說話時，音調也隨之震顫着，不過，這時的伊豆守，已不同於剛才和家光打招呼時的伊豆守；此時，他以生命作賭注，因而顯得氣勢軒昂。

「只是，如果依順主公意志而行，那麼國家政權必然旁落，神君曾規定，德川家應以嫡長子立嗣，長子才是繼位的適當人選，如果由次子繼位，天下必將大亂！」

「不……不……不要再說了……弒……弒君的叛臣，你們殺……殺了我父親，天下就不會大亂嗎？我當然不會忘記三月三日的奇恥大恨，但……但……如今不同了！我不願被弒君的叛臣擁立爲將……將軍……。」

「這可由不得你！」

柳生宗矩怒吼着，語調淒厲悲愴！

「公子，這是與生俱來的命運，如果你想違反天命，而不願就任將軍職位的話，請把我們三人殺了吧！」

「…………。」

「將軍，是由萬人中挑選出來的，但衆生中，命中註定可以就任將軍職位的人則只有一個，那個人就是您。因此，我們三人寧可在有生之年背負着弒君重罪，甚至死後慘遭煉獄之苦，也要擁立公子爲將軍！

公子！遇佛殺佛，遇祖師殺祖師，這才能超乎是非善惡之囿，如果公子硬是不肯答應，那就請高抬貴手，立即處死我們吧！」

柳生宗矩說完，便跪伏於榻榻米上，伊豆守和春日局，見狀也跪伏了下去。

——我究竟算什麼呢？

此刻，家光也六神無主，茫茫然地，他甚至不知道自己究竟因何而存在！

四周一片漆黑，江戸城沉沒在無盡的靜夜裡！

江戸城不只夜裡才是黝暗的，即使是陽光璀璨的白天，這麼龐然的城堡，也顯得那麼陰森幽暗。

家光下意識的覺得，城堡的黑暗處，有一道肉眼看不見的光芒，牢牢地盯視着自己。

剛才，自己在衝動中，向宗矩拋出那個憑肘物，便是受到這一道恐怖的光芒所指使！

家光直覺得，如果這道光芒不消滅，自己便永遠無法自主，但它並非具體的敵人，而只是一道看不見，摸不着的奇異光芒，因而使得家光茫然無緒。

「但馬……。」

家光以着嘶啞的聲音喊着宗矩！

「伊豆……春日……。」

「在……公子……。」

「如果這是我的命，那麼！讓我們一起下地獄吧！」

第二章　根來衆

根來家的十字鏍
痲瘋

一

柳生山谷，夕陽逐漸西沉，絢爛的餘暉，把整個山谷，染成一片璀璨的金黃色！

這個山谷是南北走向，綿延的溪谷，向南北兩方伸展，其間，聳立着一脈相連的翠黛山脈，因此，這山谷中，日出較晚，而日落則較早，此時，天空中雖仍滿佈着清亮的陽光，但谷底，早就浸染在黃昏的色彩裡了！

遠處農舍的屋頂上，飄起了裊裊炊煙，那飄渺的輕煙，使異鄉人的眼底，泛起一股濃得化不開的鄉愁！是的！故鄉的黃昏，正是此情此景！

靠近山頂處的樹叢中，那樹梢正微微地在輕風中擺盪着！

其實，說是擺盪也不盡然！只是叢叢樹梢，就像流星隕落般，又像風——或像什麼……

…也有點像淡淡的光暈，忽明忽滅地閃爍着，那不可言喻的變動，由山頂迅速地傾瀉下來！速度越來越快！靠近谷底，樹叢快結束的地方，那一條條的尖端，幾乎並列在一起，到了最後一棵樹時，樹梢頂上的兩條影子，同時輕落於地！

其中一條影子迅速流向一方，另一條也緊追上去！

由後追逐的影子，飛越過前面影子的頭頂，落地時，二條影子因互撞而合而爲一。在地上迅速地扭轉着，突然間，一聲尖叫「唉呀！」，兩條影子轉化爲人，原來，那是一對年輕的男女！

他們是根來衆的人！男的叫疾風，女的是阿萬。

「阿萬！阿萬！妳沒事吧！」

疾風攬住了軟弱無力的阿萬，輕輕地搖着她！

阿萬以着晶瑩剔透的眼神，脈脈地凝視着疾風的臉，她的兩頰，泛着豔麗的桃紅！

「怎麼樣？還好吧！阿萬！」

阿萬緩緩移動手臂，伸向疾風肩頭，隨即，緊緊地纏住疾風的脖子。她閉着眼，微張的朱唇翕動着，吐氣如蘭，芬芳的氣息，直吹向疾風臉頰！

疾風終於感受到，自己懷中所擁着的，是什麼東西！原來，那就是像珍貴的毛製品般，摸起來既柔順又光滑的女人胴體！呵！這輩子，他還從未如此感受過呢！

此時，疾風的心臟急促地鼓動着。

方才，由山頂上，沿着樹梢滑落谷底時，平靜的心房，平靜的心房，此刻却有如萬馬奔騰般，猛烈地撞擊着。

疾風情不自禁地緊緊擁住阿萬柔軟的腰肢，凝視着她朱紅的嘴唇，低下頭，正想把自己的嘴唇印上去。

突然，背後傳來一道笑聲，說：

「這未免太過份了吧！……」

那聲音裡，雖滿含笑意，但却足以令疾風心膽俱裂。

疾風迅及推開懷裡的阿萬，並把她護在自己身後，蹲伏下來，作勢招架，但令他驚訝的是，站在眼前的，不是別人，正是柳生十兵衞！

「太慢了！疾風！假如我是敵人，你的背後恐怕早就被砍成兩截了！」

阿萬低吟着飛奔而去，看到她漸去漸遠的身影，十兵衞發出一連串莫名其妙的笑聲。

但對疾風而言，根本就不值得他如此笑。

根來衆有一項禁例，亦即男子在十八時要舉行離巢儀式，女子二十二歲時則舉行隱居儀式，在此之前的男女，絕對禁止發生通情行爲。因爲，沉醉於色慾中，將使男子修行遭到阻碍，而女子，一旦喪失貞潔，她們所刻苦鍛鍊出來的肌肉，便會因鬆弛而軟化。

離巢儀式與隱居儀式，在每年九月九日的重陽節慶中舉行。該年滿十八歲的男子和滿二十二歲的女子，都要接受此種儀式的洗禮。

舉行過離巢儀式的男子，將被視爲大人，遇有戰事，便需披甲應戰。行過隱居儀式的女子，則不再抛頭露面，必須待在家中，擔負起結婚生子的任務。

「你們不必擔心，我不會洩露秘密的！」

十兵衞安慰着疾風。

疾風聽十兵衞這麼說，心中默默想着：

——我寧願十兵衞是我的敵人，現在，就讓自己死在敵人手下，因爲被他發現這件事，使自己又羞又窘！

「一天當中，我最喜歡這個時刻！」

十兵衞仰頻凝望長空，並深情地觀望着四周景物，滿懷傾感地嘆氣說道。

他有着寬濶的肩膀，結實有力的四肢，腰間配帶着一把黑鞘的刀，他可能剛從伊勢擊敗了一名劍客回來，但他的神情，並沒有任何異樣！

「走吧……！」

說着，十兵衞又微微笑着！

「你們什麼時候開始的？」

「…………？」

「你喜歡阿萬嗎？」

疾風緊張地屏住了氣！

「是很久很久以前就有的嗎？」

「不！不！不是！我……我本來和她練習摔角，後來……後來却不知不覺地……」

十兵衞覺得很有趣，便開懷地笑了！

「我沒有說謊！」

「你今年將擧行離巢儀式了，對嗎？……這麼說，你已經十八歲囉！唉！這也難怪，我十六歲時，家裡的女傭便教我做過那回事了！其實，我覺得對於這種事，根本不必想得太深刻……只是，女人的確不錯，風情萬種……，疾風，別急，再忍耐三、四個月吧！」

走了不久，便看到了十五、六間小屋。

這就是以根來佐源太爲首領的根來衆的部落。

這些小屋，造得非常奇特獨到。

兩邊屋頂，直垂到地面，形成三角形，據說，那是根來衆的祖先，從山中居民那兒學來的建築技巧，非常簡單，綠竹和草蓆，便是所有的建築材料。

佐源太住的屋子在部落的中央，空間較其他房子稍大，但結構完全一樣。

他們不稱這些小屋爲「部落」或「村落」，而稱之爲「根來陣屋」。因爲，這只是根來衆暫時的歇脚處。

也就是說，「根來陣屋」是根來衆被諸侯僱用出征時，在王侯城郊臨時築起的陣地！

當小屋建起後，女人們便忙着洗刷傢具，煮飯作業，小孩則無憂無慮地在住屋四處，嬉笑玩樂，年輕的小伙子則在空地上認眞地練劍比武，老年人便在和煦的陽光下，悠閒地製造木炭粉、打碎硫磺……

整個部落的人們，皆各司所職，各得其所，使人誤以爲他們已在此長住十年，二十年之久了呢！

可是，等戰事一完，他們便可能在一夜之間，完全消逝無影無踪。

他們的故鄉，是靠近河內國邊境的紀伊山地——根來鄉。根來鄉才眞的是他們的家，當時，他們曾在此建立堅固的城堡，擁有雄厚的財力與兵力。據說，他們的兵力，足以和天下任何諸侯，決一死戰。

他們的錢，是多年來受傭於諸侯打仗賺來且儲存起來的。而他們的武力，則紮根於「根來隱身術」上，此外，還有步槍、火箭等……。

但那已是四十年前的往事了！

佐源太五歲時，他們遭到了豐臣秀吉猛烈的襲擊，原有六百多名壯丁，兩千多名婦孺的部落，在戰火摧殘下，只剩下孤苦的十多人。而且，永遠地喪失了故鄉。

當時，繼承爲紀州領主的豐臣派的淺野，不容許這殘存的十幾個根來衆仍留於根來鄉。

後來，德川家康的兒子統領紀州，仍不准他們回歸故里。

幸好，在柳生宗矩的協助下，終於得以在柳生各地落腳。宗矩本人深深覺得，如果根來隱身術就此失傳，實在是武士界的一大損失，因此，雖然德川家不容於他們，但宗矩仍偷偷地召來他們，給予經濟上的援助。這些，都已是十年前的事了！

事實上，對根來衆而言，宗矩所給予他們的經濟援助，比起他們受僱於諸侯的身價，只有百分之一，千分之一，但他們的首領佐源太，仍向宗矩表示謝意。

「謝謝你僱用我們，只要有效勞之處，請儘管吩咐！」

因此，按照傳統習慣，他們又在距離柳生陣屋一里外的蒼翠山谷裡，築起了他們的「根來陣屋」。

佐源太很高興他們又重找到了落脚處，此時，他們的族人，已由十幾個增加到四、五十個了！

宗矩給他們的報酬不够開支時，他們便深入山中，尋找藥草，然後出售，藉以貼補家計。

一般人民對根來衆都抱着「敬而遠之」的態度，因此，平時極少有外人來，除了幾個柳生家的武士前來學習根來隱身術外！

十兵衞個性粗暴，時常頂撞父親柳生宗矩，宗矩一怒之下，宣佈和他脫離父子關係。於是，被逐出家門的十兵衞便求助於根來衆，而在此住了下來。

後來，柳生宗矩改變初衷，召他回去。但說也奇怪，十兵衞留在根來陣屋的時間，仍多於留在柳生陣屋。

在根來陣屋中，十兵衞還擁有一間屬於自己的屋子呢！

兩人快走進根來陣屋時，疾風不覺放慢了腳步！

「拿出勇氣來！你並未違背禁例！剛才，我不是已經阻止了你嗎？你何必如此畏懼？」

十兵衞耐心地安慰着疾風！並無奈地笑了笑！

「疾風，你晚上有沒有作過奇怪的夢，突然間醒來，發覺下身已全弄髒了……」

經十兵衞一問，疾風窘得滿臉通紅。

「你剛才的情形，就像我說的那樣……。」

原來，剛才的情景是一場夢！阿萬躺臥在自己胸前和臂彎中，所引起的酥麻感，現全又湧現了！

疾風想，也許那只是一場虛渺的幻夢！因爲到昨天爲止，不！到剛才發生那件事爲止，他和阿萬一起摔角時，從沒什麼異樣的感覺。但剛才的阿萬，竟是那麼柔軟溫馴！

突然，十兵衞停住了脚！轉頭對疾風說：

「疾風，陣屋中有着異乎尋常的狀況！」

的確，許多男女，在陣屋四周，忙碌地奔波着，看樣子，又不像在練武。

「發生了什麼事？」

兩人見情況有異，正想拔腿逃走，突然，有個根來衆的族人屋納幕飛也似地奔向他們。

「疾風！疾風！明天就要舉行離巢儀式了！」

「胡說！離巢儀式……。」

「這是首領剛才頒佈的命令！首領說，由於突然發生意外，才匆匆做此決定！」

這時，有個名叫淵雁的頭目，靠向十兵衞！

「少爺！你來得正好！我們正想派人到伊勢請你來呢！」

「哦！什麼事呀！」

「江戶的柳生大爺，下令徵召了！」

此時，屋納幕正附在疲風的身邊，興奮地對他耳語道：

「就要行離巢儀式了……明天晚上，就可和女子……。」

「…………。」

疾風只覺得全身熱烘烘地，同時，腦際閃過一個念頭………

——我已經和阿萬私訂終身了………

疾風又想起了阿萬朱紅的嘴唇。他想，雖然，沒和她接吻，但阿萬那神態，不已表示應允了嗎？

二

佐源太的小屋，位於根來陣屋的中間地帶，所有的根來衆都齊集於此，並跪拜於地（共約六十多人）。

年老的，年小的，甚至是母親懷中的嬰孩，全都驟集在小屋前面的空地上。

空地中央，設起了小小的祭壇，供奉着根來佛。

最前頭，是跪伏着的佐源太，根來衆的主要戰士們，則以佐源太爲基準，向左右成八字排開。此外，以佐源太爲頂端的三角形底部，排坐着老人，小孩和婦女。

三角形中央的空地上，則有卽將擧行離巢儀式和隱居儀式的青年男女前後坐着。

佐源太很嚴肅地唸着誦禱文。

在這以前，疾風曾參加過幾次離巢儀式，但這次畢竟不同。今晚，自己是儀式中的主角呢！一想到這，便禁不住緊張得全身顫抖。

從今天起，自己就是根來衆的一份子了，可以娶妻生子——當然，這時結婚，一定得娶比自己年長四歲的女孩——，結了婚，便可擁有完全屬於自己的小屋，而根來衆召開會議或奉召出征時也可參加了！

尤其，今年的離巢儀式，是於應柳生宗矩的徵召，將前往江戶作戰，乃提前三個月擧行。這是有史以來，首次破例的事。到了江戶，可能必須拚死決戰，因此，所有在場的人，都懷着強烈的緊張感，這也是往年所沒有的情形。

屋納幕端坐在空地中央，舔舔舌頭，可能由於太過認眞，臉上的肌肉都在痙攣着，他正興奮地盤算着，今晚，如何擁吻女孩，消魂一夜！

一旁的阿萬，臉色蒼白，只有眼眶附近，熱烘烘的！

根來火、香火和冗長的誦經聲，使空氣變得既靈烈又沉悶，疾風的心，被這沉鬱的氣氛絞得快發痛了！

佐源太終於誦完了經文，接着，衆人唱和着：

「南無大四遍城，金剛！」

佐源太轉身面向衆人，說：

「現在，要把這些即將接受隱居儀式的女孩，介紹給族人，並撫慰撫慰她們……」，話畢，便退了下去。

這時祭壇上走下來兩個人！

托着盤子的是，二頭目淵雁，三頭目平嘴則端着酒壺，兩人齊步來到佐源太的面前。盤子裡擺着三把兩小的小刀，映着營火，閃耀着刺眼的光芒，酒壺裡的酒，則不斷散發着芬芳的酒香。

二頭目淵雁高聲朗誦着：

「根來小次郎橘公美，代號疾風。根來由伊助橘正知，代號屋納幕。根來五六左衞門的女兒靖子，代號阿萬，以上三人，從今天起，已是根來衆的一份子！」

「疾風！來吧！」

疾風一聽，便跪着爬向佐源太。

「爲我族人，流下你的熱血吧！」

說着，佐源太拿起托盤中的短刀，輕劃過疾風的小指，鮮紅的血液隨卽噴湧而出，滴落在酒壺裡，然後，把短刀交給疾風，接着屋納幕和阿萬，都接受了這套禮俗。

疾風注視着阿萬的側臉。她的面頰在和煦的陽光下，泛着鮮麗的桃紅，烏黑的秀髮，映着陽光，閃閃發亮，配帶着綠竹製的髮簪，整個人顯得那麼清新秀緻！

疾風以着夢樣的迷濛眼神，凝視着阿萬，當鮮紅的血液自阿萬細緻白嫩的手指上滴落下來時，疾風心底有着細微的不忍，但每思及他將喝下阿萬的鮮血時，全身便熱辣辣地，覺得既悲壯又淒美。

這時，人羣之中傳來一陣哄鬧聲，及小石子互敲聲。

不論男女老幼，大家都手握兩顆石子，有節奏地互敲着。音調時緩時急，時強時弱，有時沉鬱，有時輕快，節奏分明，眞令人難以相信，那是石子敲出來的音樂。

差不多有六十個人敲擊石頭的聲音，顯得旣雄壯又宏偉。接着，有一道聲音似由地下湧現般，傳揚開來。原來，那是有女唱歌似的誦禱聲，衆人齊聲和着：

我族人，喪失國土

根來鄉里，令人留戀

漂泊旅情，漂泊人

根來鄉里，令人留戀

歌詞簡明，節奏輕快，和着敲打石子的音調，透露着這羣旅人凄楚的思鄉情懷及喪失國土的苦痛。

酒，被分裝在幾個小酒壺中，佐源太端起了其中一壺，其餘的則分交給左右兩旁的戰士們。佐源太首先喝了一口，然後轉交給疾風。

疾風仰頭啜了一口，他深深覺得，這燃燒着自己口腔的液體，是阿萬鮮紅的熱血。然後交給屋納幕，屋納幕喝了一口後，又交給阿萬。當阿萬朱紅的雙唇，接觸到酒壺時，疾風又憶起了昨天，在自己眼前顫震着的阿萬的嘴唇。阿萬一仰頭，豪邁地喝了一口！

根來男子，雄糾糾！

山中狩獵，河捕魚！

根來女子，情綿綿！

採摘青菜，茭白筍！

疾風也和着歌聲唱着，酒壺在衆人間巡了一回，同時，歌也唱到最後一節了。

我們要堅定決心。

重建美麗好家園。

「現在，我要向衆人宣佈……。」

佐源太站了起來！

「離巢儀式和隱居儀式到此順利結束。後天，我們就要奉召出征，這次，提早舉行此項儀式，可說是破例。卽使是戰國時代也從未破過例。

此外，還有一件事，不同於往前，那就是後天我們出發前往江戶時，老年人和小孩、婦人將不能同去！」

話聲甫落，人羣中掀起一陣竊竊私語聲。佐源太制壓了他們後，繼續說下去：

「我之所以這麼做，完全是爲了大家，我希望這次我們能夠重新奪回祖先的國土。自從大阪戰役以來，我們一直苦無機會，這次，柳生大爺的徵召，將是我們達成宿願的唯一機會，提早舉行離巢儀式，就是想多帶一、兩個人去作戰，又，不帶行過隱居儀式的女孩，是因爲，此次戰役與戰國時代的戰後不一樣，這次戰役是發生於太平時代，所以說，是鬪智的冷戰場面，柳生大爺不能公開承認我們的存在，而我們，也必須配他的要求，不公開露面協助他們，故儘量少帶人！」

人羣中又是一陣嘀嗦，不久，淵雁開口了：

「有什麼人對這種決定覺得不服氣嗎？」

衆人齊聲回答道：

「一切聽從首領，請首領吩咐！」

「我們聽從首領的指揮，奮力作戰，使世上的人承認我們的存在，並認識眞正的我們？」

「好！不過，此次戰役並不單純，因爲，對方有甲賀的渡邊党助陣。如果我不幸倒下，就由淵雁接替我的位子，假如淵雁也倒下，就由平嘴……」

「噢！噢！」

「假如所有的男人都倒下了，就由女人指揮，我們要爲柳生大爺決一死戰，卽使粉身碎骨也在所不惜，我們唯一的目的，就是重新回到根來鄉里，重建家園！」

三

一天將逝，黃昏降臨大地，北方有薄薄的浮雲，陽光將色彩塗抹整個天空，微風從原野吹入山谷……。

這是根來衆一年兩度的酒宴。一次在根來佛忌日，那天的酒宴，人們總是無精打采，因爲，比起往昔的忌日盛況，現今的根來族人，四處漂泊，雖同樣是根來佛的忌日，同樣舉行酒宴，却總免不了那縷縷思鄉的愁緒。

另一次酒宴則是出征前舉行的宴會。

許多新的成人在這一天誕生，這景象，象徵着根來子孫綿延不絕，難道不值得雀躍歡欣嗎？

十兵衞扛來了一大桶酒助興。

不分男女老少，大家都開懷暢飲！

「疾風……。」

屋納幕曖昧地捶了一下疾風的屁股！

「喂！走吧……。」

「……………。」

阿萬在人羣裏，愉快地跳着舞。

「你是不是被阿萬迷上了！」

「胡說，那裏的話……。」

疾風心虛地趕忙把沉迷的眼神移開了！

「那我們走吧！你看！我已經……。」

屋納幕又曖昧地笑着，指了指自己的私處，那裏，顯示着明顯的異樣。

「不！我還是去喝酒的好！」

「混蛋，少騙我！你又不會喝酒。」

這時，有個醉醺醺的酒鬼靠到他倆身邊來！

「小伙子們，還不快去……」

他兩眼凸出，粗魯地催促着他倆，隨卽，那凸暴的雙眼，黯淡了下來，最後，只瞇成一條縫。

「去！去！有的是新隱居，有的是隱居了的寡婦，你們兩人快去完成成爲大人的儀式吧！」

根來衆的男子，通常在擧行離巢儀式的那天，便會失去童貞，那是他們爲了防備根來衆的男子因不知女人，而爲壞女人所誘惑以致墮落，因此，一方面傳授他們隱身術，一方面也敎他們如何應付女人，使他們能够應戰！

敎授這批卽將出征的男人學習應付女人的技巧的，大多是寡婦，卽使是新隱居的未婚女子，陪着新離巢的男子，共度春宵，也不必就此結婚。將來，是否結爲夫婦，需依雙方意願，如果未能結合而懷了小孩，族人們也會負起養育小孩的責任，因爲，這對四十年前，被殲滅得只剩十幾個的根來衆而言，小孩是他們最大的財產。

屋納幕躍躍欲試，便迫不及待的離席了。但疾風却提不起勁來，當然，並非他不好女色，而是，他的心中老是浮現着一個念頭：

——我的女人是阿萬……

疾風暗下決心，一定是要等到阿萬行隱居儀式的那天！

屋納幕可能早有了對象，一轉眼，便不見了人影。

疾風實在無處可去，又不願重回酒席中，回去睡覺又太早了，正當猶豫不決，呆楞在原地時：

「疾風……」，小屋那端，傳來一道聲音。

這是什麼聲音呢？那麼柔美舒歗，就像女人在纏綿悱惻，欲生欲死時，由心中發出來的低吟聲。

疾風感到有人握住了他的手腕，定神一看，原來是剛才行了隱居儀式的挨。今天，行隱居儀式的四個女子當中，其中兩人早有了意中人，只有挨和桑尙苦無對象。

「疾風，我正等着你呢……。」

疾風注視着挨，在她那晶瑩艶麗的眼神透視下，疾風覺得全身酥麻麻的，男人原始的慾念，達於高潮。

崁胸襟低露，雪白柔緻的肌膚，散發着誘人的芳香。

「嗨！不要害怕嘛……。」

一股暖洋洋的氣息，直灌入疾風耳鼓，那種刺激，就像燃燒中的炙火般熱烈，疾風不由自主地顫了一下，就在此時，他猛地屏住了息。

他看到站在不遠處的阿萬了！

阿萬睜大了雙眼，默默着地望他們這邊。

「我說阿萬呀！妳走開，妳還得等四年呢！」

崁抱住了呆楞着的疾風粗壯的腰。親熱的撫摸他的臉。

見此情景，阿萬別過臉，快步離去了！

這時，崁早就迫不及待地將手探入疾風的腰部裏，迅速地向下摸索、浮游着。

「不！不要……」疾風情急地高叫道。然後，哽咽着聲音，請求崁快放手，他只想快點離去。阿萬的影子消失在蒼鬱的草叢中……。

「等一下……你怎麼可以挑起我的慾火後，又一走了之呢？不行！」崁的眼睛有一層朦朧的光芒。

當崁想繼續纏住疾風的當兒，突然，背後爆出一陣粗魯地狂笑聲。

「崁，妳可眞會說話，明明是妳自己一廂情願地撩起慾火的，怎麼怪到疾風頭上了呢！」

「唉呀……我……」

「來！過來……」

十兵衛一把拉過崁，隨即把手探入崁微敞的和服中，握住了崁豐勻圓渾的乳房，崁消魂地發出呻吟聲。

「嗯！成熟豐滿的胴體！疾風，我代你收下了！」

十兵衛狂放地朗聲笑着，輕輕地抱起崁，消失於小屋中。

——總算有人替我解了圍……

疾風放心地噓了口氣，覺得身心俱疲。

——我並沒有對不起阿萬！他欣慰地想着，但另一方面，却也對自己生氣，竟錯過了一次難得的機會。

四

清涼的微風，自隅田河那端，輕輕吹送過來。

這是土井利勝從一個常出入於德川家的包商那兒，情商借來的豪華別墅。佇立在長廊上的三條大納言實條，聽到土井在對自己說：

「對不起，讓你久等了！」時，便跟着進入屋子，坐在自己的位子上說：

「這就是名聞遐邇的隅田河嗎？鸕鷀鳥高低疾飛，隅田河潺潺地流着，眞是情調高操的好地方，難怪業平一見此地景緻，便深深地懷念着故鄉！」

「大納言兄，你是否也在懷念京都？」

「不！不！這兒的景緻，秀麗宜人，和京都大爲不同！」

「說得也是！說得也是！」

土井意味深長地露齒一笑。

「至於，這些能說話的景緻又如何呢？」

這時，一個個貌美如花的侍女，端着酒菜，魚貫地走了進來。

「你看，這些美女們……。」

「和京都的女孩是否一樣呢？」

「我就說嘛，這裏和京都大爲不同，在此，可觀賞宜人景緻，又可飽餐秀色，眞是別有一番情趣！」

「你只想看看嘛！那多不够味兒！」

「相爺，你眞會裝傻，難道你不知，我此次東行的目的嗎？」

實條幽怨地說道。實條和烏丸少將文磨此次被任爲勅使，奉令前來參加將軍葬禮，他看了看旁美若天仙的侍女，臉上有着明顯的懊惱神情。

如果，此次是前來參加將軍家的喜事，那麼，必可夜夜春宵，但情形並非如此，將軍家遭遇了如此重大的不幸，當然應該有所避諱！

土井放聲狂笑，並頻頻向他勸酒。

「現在，大鼓、笛、簫等樂器，一律禁止吹奏……此次，你遠道來到江戶，不能好好招待你，實在遺憾之至……」

土井以着歉疚的口吻向實條解說着，隨即，又壓低了嗓門，附在實條耳朵上說：

「你想，閨房中的嬌笑聲，可以傳多遠……。」

「你意指何物？」

實條不解地望着土井。這時，有個女孩走進屋裏。

實條將全部視線，投注在她渾圓均勻的身段上。

女孩一手輕輕壓住和服的開叉處，搖曳生姿地走了過來，臉上綻放着醉人的微笑，然後，便很不禮貌地挺立在他們跟前。實條緊皺着眉，正想責備她不懂禮貌時，那女子忽然掀開和服的前襟。她這姿態雖遮住了左右兩旁人士的視線，但坐在她正對面的實條，卻可窺視到她赤裸着的全身。

「唉呀！唉呀……！」

實條錯愕地發出嘶啞的叫聲。

——雖然很失禮，但我絕不會責怪妳！

實條困難地嚥了口水，如此想着。

女孩隨卽穿好衣服，走離實條，並緩步在房裏踱了一圈，又回到實條面前。

——難道，她又想展露胴體了嗎？

實條睜大了眼睛，但女孩却不懷好意地笑着走離了兩三步。忽然，又廻轉身來，大大地敞開和服，她的兩隻衣袖幾乎整個包住了實條。不多久，女孩重又穿好衣服，微笑地走出了房間。

雖僅止於此，但對於自幼生長於京都，一個文雅且有敎養的公卿來說，這種酒後餘興未免太過於唐突！

「大納言兄，這些女孩當中，如有你看上眼的，就請指出來，千萬別客氣！」

實條高興得笑了，喉嚨裏不斷發出似猫叫般的聲音。

這時，下人進來通報，文麿卿到來！

「什麼，烏丸到了……那個小子眼明手快，我看，我就選擇她好了……。」

說着，實條匆忙地抓起正爲他斟酒的女孩的手。

土井得意地笑了，點點頭，然後準備出去迎接文麿，來到走廊上時，土井突然兩眉深鎖，眼裏散發着兇惡的神情，他在心中暗暗詛咒道：

——這真是一羣愚庸腐敗的公卿……

——主公，請寬恕我……這一切都是爲了實現主公的遺志——擁立忠長公爲將軍而做的！

因此，他暗自思忖着，一定要慫恿那個女孩，施用技巧，向實條散佈主公被毒殺的謠言。

來到大門外，要迎入文麿時，土井收拾起剛才那兇煞的神態，改換爲親切和藹的笑容。

翌日，在勅使的公館中，實條和文麿就像在開歌詠會般，安寧地相對而坐。

「昨夜，你是不是有了艷遇？烏丸兄，你選的那個女孩看來相當豐滿、美艷……。」

「那裏！那裏！大納言兄，你選的那個女孩才……，唉！我真後悔去遲了一步！」

突然，實條鬆弛的臉上，呈現一般緊迫感。

「我在那女孩面前，一直誇讚駿河那方！」

文麿壓低了聲音說：

「老兄，據說那女孩向你散佈了一項驚人的謠言……。」

「果然……。」

兩人互望一眼，會意地笑了！

文麿那副貴族相的臉孔上，所展露的微笑，看來竟那麼冷漠淡然。而實條圓胖的臉上，則閃現一絲含着狡猾的笑容。

「要控制他們？」

「這是個大好機會！」

實條把炯炯有神的眼光，移向院子裏。

在京都的朝廷中，實條稱得上是數一數二的策士。而文麿，則是公卿中的第一劍術高手，在行動遲鈍的衆公卿中，更顯出了他的出類拔萃！

這兩個人都懷着恢復朝政的野心。

「你採的是正攻法……。」

「對！向嫡長子下手！」文麿說道。

「我則採側攻法，還可得到不少好處！」

「大納言兄，你可眞艷福不淺啊！」

說畢，兩個人高興得一起低笑出聲。

五

靠近丸子的玉河畔的草原上，從遠處望去，揚起了一陣淡淡的灰塵去，漸漸的馬蹄聲由微而驟，轉眼間四匹馬急馳而過。

他們是微服出行的柳生一家，這四人是左門、宗矩茜和又十郎。這四匹急馳而來的馬，衝上通往河堤的坡道時，速度慢了下來。寬廣曠渺的靑靑草原上，尙沉浸在一片迷濛的晨霧中。

「就在那裏！」左門揚起馬鞭，指着河流上游。

然後，揮鞭催馬向前，其他三人也隨之而去！

曠渺的草原上，散落着六、七間小屋。

這是依柳生陣屋而築的根來陣屋。

聽到急馳而至的馬蹄聲，有三、四個人自小屋中迎了出來，等馬匹停下來時，四周便湧上了一羣人。

柳生宗矩等人下了馬，除去面罩！

佐源太微笑地望着他們，並跪地磕頭爲禮，四周人羣見狀，也都仿效行之。

這時，小屋中，走出一個男子，從容不迫地來到宗矩父子面前：

「唉呀！大哥！」

茜激動得高聲喊道，並快步迎向他，他就是十兵衞。

「喲！這不是我可愛的小妹茜嗎！嗨！好久不見了，怎麼，到現在還沒人要呀！」

「討厭，大哥最討厭了！」

茜抬起手臂就要捶向他，十兵衞愛憐地接住了她的拳頭，兩人親熱地在摟着，走向宗矩。

柳生宗矩向十兵衞笑了笑，然後看着跪伏於地的佐源太。

「遠道而來，一路上辛苦了！」

佐源太禮貌地寒喧後，便簡單扼要地向宗矩報告道：

「爲了響應大人的徵召，我們一行，包括九個女人，共三十四人，全來了！大家都想對大人所賜的恩德有所回報，因此，都誓死爲大人效勞……。」

佐源太說完，大夥兒便深深一鞠躬。

「謝謝各位！眞高興得你們這批生力軍，這幾個……都是我的子女，左門、又十郎和茜！」

柳生宗矩也把那三兄妹介紹給衆人。

「對了，佐源太，我要告訴你一個好消息！我知道你們一生中，最大的心願是重回根來故里，這次，我眞替你們高興，因爲你們都可以回去了！」

佐源太和後頭的羣衆，都屏息仰望着宗矩。

「公子對於你們肯誓死投效，非常高興，因此，答應事成後，把根來鄉里賞還你們！」

柳生宗矩回頭看看左門，左門會意地從箱子中，拿出一紙公文。

宗矩接過後，便打開來向衆人朗誦着：

『詔旨：根來鄉、根來村以及年薪二百五十石，以上諸物賞給根來佐源太。

郡主家光。』

唸完後，宗矩把該紙公文交給了佐源太。

佐源太接到公文的剎那間，興奮得顫抖了！

他顫抖着聲音，把公文內容重新閱讀了一遍，深吸了一口氣，然後小心翼翼地摺疊起來，轉身看着大夥兒說：

「大家看！大家看！」又高聲叫道：

「大家快來看！大家聽着！」

「噢！哦呵！……。」

衆人發出了狂吼般的歡呼聲。

「是使這公文中的事化爲眞實，亦或使它成廢紙，全看我們今後的努力囉……。」

「哦！」衆人又是一陣歡騰！

這時，傳來一陣微微地石子敲擊聲，激動的衆人，便和着敲擊的節奏，輕輕地哼了起來：

根來鄉里眞優美！

重造我家園故里！

疾風、屋納幕和阿萬，這批年輕人興奮得舞了起來，充滿活力與血氣的年輕人，是靜不下來的！

宗矩見根來衆此種興奮、激昂的情景，不禁熱淚縱橫。柳生家從前也曾遭受過豐臣秀吉之弟豐臣秀長的侵襲，領土喪失，家破人亡，那妻離子散的蒼涼情景，如今，又歷歷如繪地浮現於腦海中，宛如昨天才發生一般。

忽然，宗矩看到了正興奮得婆娑起舞的阿萬，體態輕盈，舞姿柔美，而且面貌姣好，看來是那麼嫵媚動人。

「她是……？」

柳生宗矩以詢問的眼光看着佐源太。

「哦！她是阿萬，剛剛才舉行過離巢儀式！」

「嗯！就是她！」

宗矩喃喃自語着，然後喚來了茜！

「茜！就是那個女孩！妳去試試她！」

茜會意地露齒一笑，抽出了配掛於腰間的萬力鎖。

「大家請暫停！」

佐源太發佈命令，衆人一聽命令，馬上停止唱歌與蹈舞。

「阿萬……。」

「在！」

「公主！去吧！」

「嗯！好！」

佐源太話聲甫落，茜已躍向了一旁的阿萬。

一刹那間，那個飛騰的影子，在空中劃了一道拋物線，然後輕巧敏捷地掉落於地！

「好了！不必再比了！」

宗矩向茜高聲喊道。

剛才阿萬所站的地，現在已換成了握着萬力鎖的茜，而阿萬則跪伏在離茜稍遠的地面上。

「漂亮！眞是乾淨俐落！……佐源太，那女孩能否暫時借用一下……。」

「請別客氣，我們一行人，本就是爲效勞柳生大爺您而來的！」

「爹！你想把阿萬用在什麼場合？」

這時，十兵衞揷嘴說話了，聲音裏透着強烈的責備意味！

「把她用在什麼場合？……」

宗矩苦笑着看了看十兵衞，好像在對他說：

「你想，我宗矩會把她吃掉嗎？」

「大內可能已潛入了許多渡邊党……。」

柳生宗矩心中暗自思忖着。

六

鳥巢中，羣鳥聒噪着。皎潔的清月，映現了廣垠曠渺的河畔青青草原。深沉夜裡，有淡的蕨草味吹襲而來。

阿萬不知身在何處？

一絲濃厚的孤寂，深深啃噬着疾風。

玉河河水，在清亮的月光下，潺潺地流逝！

這是一條寬濶荒涼的大河，不但是這河，關東地區，盡是一望無垠的大平原，地廣人稀，這對於一向生長於深山中的疾風，總覺得鬱悒難安。他實在不習慣居住於如此遼濶的空間中，是因爲阿萬不在？亦或？

阿萬是被宗矩等人帶走的！

「你好像心事重重……。」

屋納幕的聲音，自身後響起，疾風連忙收住幻想的心！

「你是指阿萬的事嗎？」

屋納幕對疾風所問的話，只不置可否地笑了笑，隨卽帶着一絲戲謔的意味，嘲弄疾風說：

「現在，柳生大爺可能正在細細品嚐着阿萬呢……。」

「什麼！你說什麼！看我揍你……。」

「哦！不要！不要！別來這套！」

屋納幕矯捷地避開了！

「你敢再說一次！」

「不行！不行！自己人怎可自相殘殺！」

「混蛋你這小子！」

「噢！對了！首領要我來找你回去！」

「少胡扯，別騙我！」

「信不信由你，反正我已把話帶到了！」

屋納幕輕躍離地，隨即隱沒於蘆葦叢中！

當疾風來到佐源太的小屋時，淵雁和平嘴早就在那兒了！

「疾風，你將被派出使回根來陣屋！」

疾風才跨進門，淵雁便這麼告訴他了！

平嘴在一旁用油紙和厚紙包紮着一個已經摺成了一團的小紙塊，動作看來是那麼愼重！

疾風有點猶豫不決，他實在不放心讓阿萬獨留於關東，而自己却出使前往根來陣屋。

當他正躊躇不前時，眼前突然浮現了十兵衞把手伸入斑和服內時的情景，只是，那幻象瞬間卽逝了！

「你帶着這紙公文，回去給族人們看，讓他們分享這份愉悅。而且，我們不能把它留在此地，因爲這裏是戰場，放在這裏十分不安全，回去交代他們，把它和根來佛一起埋藏在地下！」

「是！」疾風無精打采地應着。

他想想，也好，在曠野中儘情地奔跑，也許能發抒積鬱於胸中的悶氣。

平嘴把封好的公文，放在一個皮製袋子中，交給疾風，疾風把皮袋子掛在脖子上，再將之深藏於懷中。

「那我這就出發了！」

「不！明早走還來得及，晚上先好好休息吧！」

「不！這麼好的消息，應趁早讓大家知道……」

話聲未落，突然，傳來了通報敵軍來襲的哨聲。

平嘴矯捷地熄了燈！和淵滙兩人迅速跳出小屋。

疾風正想隨着出去。

「別慌，隨我來！」

佐源太在一旁責備他。每個人都感覺得出，彌漫在四周的騰騰殺氣……。

此時，出外偵察敵情的淵滙進來報告道：

「渡邊黨！一百！」

「噢，一百個渡邊黨……嗯，我們敵不過他們，大家各自散開……！」

「是！」淵滙重又衝出屋外，吹響哨音。

那是要大夥兒各自奔逃的信號。

他們見情況不利於已，便四散奔逃，以留存性命，等事情過後，再重新聚集到事先安排好的集合地點。

「渡邊黨果眞有他們的一套，我們才到此地，他們便聞風而至。疾風，你快走吧！一切就拜託你了！這是將來奪回根本故里的重要證據！千萬別弄丟了！要他們好好收藏，事情弄後，就來下一個集合地點與我們會合，如果沒找着我們，我們會以石頭爲號誌。」

佐源太邊吩咐疾風，邊點火準備燒掉屋子！

「疾風！快走！」

佐源太躍身衝向天花板，天花板被撞破了一個大洞，疾風也跟隨其後，飛躍上去！

屋外，一羣身着黑衣，深得隱身之道的戰士們，正激烈地格鬬着，看來就像一羣高低疾飛的蝙蝠。

浪濤翻騰的河面，不時濺起絲絲飛沫！

格鬬的場面雖很激烈，却顯得有點寂靜！

只有微風輕拂戰士衣裳的沙沙聲，以及揮動隱身術力的唰唰聲，和在空中飛來飛去的影子所發出的咻咻聲。

這些細微的聲音，混爲一體，形如呼呼作響的強風。

當疾風和佐源太落地的當兒，便有一羣影子，像一陣風般地撲殺過來！

這些影子，剎那間便被彈開老遠，疾風和佐源太正想趁隙脫逃，但又有更多的影子自四面八方砍殺而來，疾風見情勢危急，仍揮動着兩刃，抵擋不斷攻來的刀刃，並一邊導隙逃走！

「疾風，記住了嗎？快逃吧！」

佐源太扯開嗓門，大聲吩咐疾風。

說完，便向那些窮追不捨的影子，反擊過去！

突然，漆黑的大地，出現一道強烈的閃光，接着是一聲震耳欲聾的爆炸聲，劃破了闃寂的長空，疾風便趁此良機，儘速逃離了格鬥現場。

七

別木左衞門來到土井利勝公舘，靜坐於房間中，焦灼地等待土井利勝。

——土井怎可以辭去宰相職位呢！眞是豈有此理！

別木一想起這件事，便憤恨不平！

過了許多，土井乃悠悠然地出現了！

別木顧不得禮貌上的寒喧，一見到土井，便單刀直入地逼問道：

「你爲什麼要辭去宰相職位呢？」

「爲什麼呀！唉！這可眞是一言難盡！」

土井故作神秘地望着別木，低聲笑了出來！

「我之所以這麼做，是有原因的！」

「唉！你看，先是那黑臉小子搬入了正堂，然後是松平伊豆守升任首席宰相，接着柳生但馬守宗矩那傢伙，當上了首席監察人……這不正表示，我們已全面敗北了嗎？」

「也許是吧……！」

「嗳！相爺，你這是什麼話！一副事不關己的樣子……你可知當今事態之嚴重？江戶城乃天下第一城，亦是武士的總根據地，這個總根據地的重心，便是正堂！坐在正堂寶座上的人，就是天下大將軍，也是德川家的主人，武門的棟樑！」

「嗯！說得一點也不錯！」

「你可知從今以後，幕府中的一切，都受制於伊豆守的指揮下，只要宰相們同意，他想砍殺我們公子，可是易如反掌喲！」

別木緊咬牙根，恨恨地說道。

「別木，先別急，雖然他們是敵人，但我非不得不說，他們的所作所爲，都按步就班，且井井有條，先是侵入正堂，再巧立名目地排擠了我……在你眼中，他雖只是個黑臉小子，但應付起來，却頗爲棘手！」

土井利勝越說越離譜了，談起這件事，就像在敍述一個與自己毫不相干的故事般，說完，又漠然地笑了！

事實上，土井利勝一直認爲，五、六天前，忠長和家光的談判中 ，忠長顯然是打了敗仗了！

那是喪父後的七七第四十九天翌日，忠長專程來找家光談判。

「哥哥……你是否聽過父親被毒殺的謠言？」

家光一聽此話，便怒喝道：

「別胡說八道！」

家光雖稍有口吃，說起話來不太流利，但態度却頗具一家之長的威嚴。

「父親死得太突然了！這種時候，好事的人突然易生疑心暗鬼，我萬萬沒想到，你非但不闢謠，反而附合它，混蛋，以後，言行須謹愼點！」

家光結結巴巴的說了這段內容頗爲堂皇的訓詞。

忠長才智高，口才又好，他極盡所能地想逼家光承認這項謠言，並硬要他着手調查父親猝然去世的原因，只是，家光每次都技巧地避開了！

家光此種態度終於激怒了忠長，忠長乃憤而說道：

「既然我的建議你不肯採納，那我就親自去調查眞相。眞相大白後，我自會給你完滿的解答！」

當時，土井聽他這麽一說，暗叫道：

——糟糕，他留下了大把柄！

果然，家光那肯錯失良機，便緊抓着這把柄不放！

「好呀！忠長，我說不准就是不准，你竟膽敢違抗？……你這不是存心背叛我嗎？」

家光又怒駡了一聲「混蛋！」後，才離席而去！

——好傢伙，真有他的一套！

土井見此情景，暗駡了一聲！事實上，當他見到家光有條不紊的擧止後，他便已看出，這一切，完全出自伊豆守和柳生宗矩的安排。

——不！可能完全由柳生一人……

只有柳生宗矩這種厲害的角色，才能讓家光做得如此漂亮。家光雖不及忠長的聰穎狡黠，但却能墨守成規，只要遵照柳生宗矩的安排，便能壓過忠長！

——在上位的人，並不一定要有聰明才智，城府深的人反而可以應付得恰到好處……

忠長受到家光責難的事，馬上便被傳揚開來了，如此一來，江戶城與駿府兩個對立局面的勢力差別，便明顯地呈現出來了！因此，始終站在駿府城一方的土井，在江戶城中，便顯得勢單力薄，而對於家光搬入正堂的事，也不敢正面反對！當家光來到正堂後，所有的宰相，也都趨之若鶩地巴結家光去了！

「相爺，我們不應長他人志氣，滅自己威風！」

別木惱怒地睜大眼，責備土井。

「別衝動，那黑臉小子雖是德川家的嫡長子，但尙未當上將軍，才是武門棟樑，也才會受到天下蒼生的承認，所以，我認爲辭去宰相職位是對的！」

「這話怎麼說呢？」

「你仔細想想看！」說着，土井又笑了！

「移入正堂的家光，要想成爲將軍，一是要懇請天皇的賜封，他的申請公文中，如果土井也連署了，那後來將演變成什麼樣子呢？

這七、八年來，我身爲首席宰相，統御天下，雖未立下大功，却也從沒犯過錯！連天皇都熟知我的姓名——哦！土井也這麼說嗎？那就儘速批准！

我知道，天皇一定會這麼說，那麼，家光呈請册封將軍的事，必然很快便實現……。」

土井笑着繼續說：

「目前，最重要的是，儘量拖延册封將軍這件事，如今，站在黑臉小子那一邊的諸侯必定很多，如果册封將軍一事，遲遲未見實現，諸侯的決心，必會動搖，以爲是忠長的關係……到了那時，我們的機會便來了！」

「……」

「宰相是非常忙碌的，如今我無職一身輕，且已申請隱世，有的是閒暇——從此，我將不遺餘力為忠長公奔走！」

「土井利勝！閣下！」

別木跪倒於地，頻頻向他磕頭！

「我別木左衞門，眞該死，竟犯了『燕雀安知鴻鵠之心』的大錯誤，我不知相爺竟是如此有遠見，且胸懷才志，請原諒我剛才的莽撞失禮！」

「只要你了解我的心意便行了！來！我們來喝一杯，今晚是我最後一次喝酒，明天起，我將滴酒不沾，直到完成心願！」

「什麼……哦！是的！下官也要戒酒……。」

土井拍拍手，吩咐侍衞們送酒菜來！

「別木！今晚我有一道上好的菜與你共享，你猜猜看，會是什麼佳餚！」

「噢！我猜不出，是什麼菜呢？」

土井笑而不答，只吩咐侍衞們一些事！

不久，侍衞打開了隔壁走廊的紙門，大約隔了喝杯酒的時刻，有個五花大綁的男人被帶了進來。

「這……這不是隱身術的……。」

「對！一點也不錯，好像是柳生宗矩僱來的！」

「他潛入貴府，被……。」

「不！是從玉河釣上來的！」

「玉河！老天！」

「柳生宗矩僱請了根來衆，不斷地騷擾紀伊公的領地，你看！這就是最好的活據證！」

「相爺深遠的眼光，眞令我嘆服，我越發覺得自己的幼稚與膚淺了！唉！剛才的失禮，眞令我難安！」

「唉！抬起頭來！」

土井利勝向那男子說道。

但被逮捕的這個男子，却硬是不肯聽命！

僵持許久，才由差彼用木棍抵住他的下巴，勉強把他的頭撐了起來！

那男子面相兇惡，正以懾人的眼神，怒視着土井和別木！看來年紀還很輕！不錯，正是屋納幕，他的臉孔，雖因震怒而扭曲得變了形，但仍可認得出，他就是屋納幕。

「好一副倔強頑劣的臉孔！拷打他！我非逼他說出『柳生但馬守宗矩』這幾個字來不可！」

「是！」差役們拿起六尺長的木棍，重重地打在屋納幕僵挺的背脊上。

就在這時，「叭噠！」一聲，響起一陣小小的爆炸聲，以及一片微弱的小火花。

瞬息間，屋納幕的臉孔，浮現於火花中，當那微弱的火焰轉化成一股灰煙消逝後，倒臥於地的屋納幕，半個臉被炸毀了！

「好傢伙！」土井低聲驚叫了出來！

「眞是條硬漢！我眞服了他！好吧，就把他投入柳生公舘裏，再靜觀情況發展……。」

第三章　京都來訊

天野刑部

一

土井往訪三條家宅，或許是他所帶來的一千兩黃金發生了作用，大納言實條很快便接見了他！

據說，正巧烏丸文麿也前來拜訪，因此，便同時出現在客廳中。

互相寒暄過後，實條便客套地說：

「那次在江戶，眞讓你破費了！尤其是隅田的女孩，更令我無法忘懷……我剛剛還和文麿談起那件事呢！」

實條看來神情愉悅，只是笑得有點做作！

「眞想再舊地重遊……只可惜……。」

「喔！對了，那位小姐後來曾對我提起，很想隨你回京都，好侍奉你一輩子！我想，她對你的印象一定很不錯，我……我眞想向你學習吸引女人的技巧。」

「你說，吸引女人的技巧嗎？……」

實條注視着土井好一會兒，開心得笑了！

他想，土井這個像隻北極熊般的傢伙，怎會有女孩願與他纏綿，一想到這，他竟忘情地笑了！

「噢！對不起！對不起，聽說土井大人此次前來京都，是微服出行，不知是爲什麼？」

「聽說宰相松平伊豆宗也到京都來了！」土井問道。

「不錯！氣派十足……看來，德川家的勢力是越來越繁盛了，眞是可喜可賀！」

實條的話，乍聽之下，是誇讚德川家，但仔細思之，却不難覺察出話中所含的諷刺意味！

松平伊豆守是昨天抵達的，而且，一到京都，便獻給朝廷一萬石米，並到處宣布說，只要家光被册封爲將軍，他們便將送三萬兩黃金給京都的百姓！

這項消息馬上傳遍了京都的每個角落。

人民見了面，總不忘提醒對方！

「我們一定要請家光公來當將軍……。」

土井在客棧中，曾聽到百姓們如此交談着，他大不以爲然，憤恨地想着：

——這一定又是柳生宗矩搞的鬼！

「你們兩位可能都聽過……。」

土井以這句話爲開場白，然後便滔滔不絕地敍述道：

「家光是個無能的庸才，根本不是當將軍的適當人選，至於忠長，則是性情豪邁，聰穎過人的優秀人才，而且，對馬室一向懷着恭敬尊崇的心……」最後，則以：

「家光公與忠長公兄弟倆，何者適合當將軍，何者對朝廷與天下較爲有利，我想，朝廷必已相當清楚！請兩位愼重考慮、選擇！」一段話結束。

「那麼，你的意思是，我們該怎麼做呢？」

「請不要册封家光爲將軍！」

「這個……稍微……。」

「你的意思是稍有困難嗎？那麼，就儘量拖延册封的日期，多拖延一天，忠長公的勢力就增長一天！」

「雖然，關白殿下一向都頗爲重視我們的意見，但如想打動關白的心，還是……這個……烏丸，你覺得呢！」

烏丸默默不語，只輕輕地點點頭。

「喔！我知道！今天我所帶來的禮物，除了那一千兩黃金外，另外還準備了五千兩，我想，就寄放在你們這兒！」

「五千兩黃金……給我們？」

實條睜大了眼，看着文麿，然後，「吱吱」地笑了起來。

「而且，等忠長被册封爲將軍後，他將把山城國奉獻給朝廷，以爲報酬！」

「好！好！很好！我們將考慮爲你奔走……。」

實條使勁地點着頭，頭冠幾乎都快抖落下來了！

「我說，土井呀……。」

文麿一向就沈默寡言，從開始到現在，一直是個沈默的聽衆，這時，才開腔說：

「你想不想買個人！」

「買人？什麼人！」

土井輕輕嘆了口氣！他深深覺得，實條和文麿是兩個完全不同典型的人，實條說起話來，官味兒十足，頗爲咄咄逼人，文麿則絲毫不帶官僚作風！

「他是位武師，也就是我的師父，名叫小笠原玄信齊，屬於眞新陰流，假如你肯把他推薦給忠長，我將感激不盡，他清心寡慾，將畢生精力全灌注於劍術上，他唯一的願望，是想把柳生宗矩從天下第一劍的位置上，打下來！」

「把柳生宗矩……嗎？」

土井覺得這眞是一筆好交易。

「我師父身懷絕技，又淡泊名利，因此，一生中都過着十分清苦的生活。據說，他有個兒子，在阿國歌舞團中跳舞，我師父就靠這個兒子，每個月給他一點微薄的金錢，勉強維持生活！」

「阿國歌舞團呀？噢！我在駿府時，曾看過他們的表演，他兒子叫什麼名字呢？」

「雪之丞……有件趣事，他自己也常當笑話說給別人聽——他不擅長劍術，却深得隱身之道，他常說，只要父親允許，他便可潛入諸侯家，窃取黃金，好讓父親過着富裕的生活，甚至說，可以潛入戒備森嚴的江戶城……。」

文麿露齒笑了笑，目光炯炯，直視着土井，好像要透視土井的內心般。

土井聽了這個故事，一個是劍客，一個是隱身術專家，多麼巧妙的配合，如能同時獲取這兩個人，那將是件意外的收獲，他抬了抬眼，看看文麿，似乎也想從這刹那間的注視中，探出文麿的眞意。

文麿瞇成一條縫的眼裏，漾着濃濃的笑意！

——這個人，是和我們站在同一立場的嗎？……

土井暗自思忖着，文麿身爲公卿，當然不敢過於表白態度，也許，他眞的是好意要推薦這兩個強有力的劍客給他們罷了……

「買了！眞高興跟你作這筆交易！」

二

昏暗陰潮濕的宮廷內舍，正適合這羣喪失實權，只賴官位度的日公卿，默默地於居此地。

關白九條道房，三條實條、烏丸文麿，三人神情黯然地靜坐在朝廷內舍裏。——但大家別小看了他們，他們雖無實權，但挑撥實力強大的武士們的是非，可眞有一套，所以說，他們眞可稱爲「一羣居於黑暗中的怪物」！

松平伊豆守覺得這羣人詭譎莫測，懷柔、高壓，任何手段都行不通，眞有力不從心的感覺，但他隨卽告訴自己，不可因此而氣餒。

「下官來到朝廷後，轉眼已過了五天！」

伊豆守語氣生硬地說。

「我身爲幕府宰相，那有那麼多閒工夫在這裏窮蘑菇，到底什麼時候才能册封家光爲將軍呢？……請儘快明確地答覆我吧……。」

「那麼……。」

九條道房把視線移向實條，看了看他，實條也如法泡製，避開九條道房的視線，轉頭看文麿，文麿則看另一位公卿，那位公卿又把視線移向另一位。五、六個公卿依序把頭垂下，最後，又依次看了囘來！一羣人的臉孔就這樣依序轉動着，視線又囘到關白臉上。經過一次如此滑稽的表演後，關白再度開口說道：

「我曾說過好幾次，最重要的是，兄弟倆須和好如初！」

「和好！和好！我早就聽膩了！反正，你的結論是，不册封家光公爲將軍，是嗎？」

伊豆守自己覺得，氣得臉色都變了！

「好吧！旣然如此，那我就直接拜謁皇上，親自懇求他，快替我安排一切手續！」

「不！那怎麼行！」

關白晃了晃細長的脖子，嘆着氣說道。

「爲什麼不行？」

「因爲事無先例！」

「先例！先例！……你們這班公卿，開口閉口兄弟倆要重修舊好，但像你們如此推拖，不正在加深他們兩人彼此間的隔閡嗎？……你們似乎非得見到德川家起內亂不可！」

「嗳！沒這囘事？……上次的歌詠會，皇上還詠了一首歌……。」

實條整整衣容，以着不調和的節奏吟道：

千代萬代！慶賀你家欣欣向榮！

有聲無聲，竹千代前途無量！

實條原本無精打采的臉孔，此時突然生動了起來！

伊豆守被他這一招弄得莫名其妙，茫然若有所失！

「家光公乳名叫竹千代，所以皇上吟詠道：『有聲無聲，竹千代前途無量！』這是皇上祝賀他的話！」

實條向伊豆守解說着，說完，生動的表情，又回復到原來無精打采的樣子了！

「那就請儘快安排册封家光公爲將軍的事吧！」

伊豆守雖仍堅持這件事，但已覺得身心俱疲了。

文麿把臉埋在扇子後頭，偸偸地笑着。

「你笑什麼笑？」

「失敬！失敬！」文麿收斂住笑容，點頭示禮。

「唉！時候不早了！我們必須陪皇上出巡大德寺了，詳情明天再談吧！」

「時候眞的到了嗎？糟糕！糟糕！快去換衣服呢！遲了可是不得了的！」

關白等人遂陷於一片忙亂中！

——什麼事這麼慌張呀！

伊豆守看到他們那副模樣，眞是又好氣又好笑！

公卿和武士畢竟不同，其實，他們去大德寺，不過是陪皇上喝喝茶，踢踢皮球，玩上一天罷了！

伊豆守無可奈何地退出朝廷，來到走廊拐彎處時，文麿正迎面走來，伊豆守禮貌地向他點頭爲禮，走廊外的庭院中，擔任保鏢的十兵衞和左門已等在那兒了！

「相爺，我聽到了一個奇怪的消息！」

十兵衞靠過來，低聲說道。

「聽說土井利勝，近來頻頻進出三條和關白家！」

「什麼！土井！眞的嗎？他不是因身體不適，已申請歸隱了嗎？怎麼可能……。」

伊豆守垂下頭，默默地想着。

「原來他就和三條，烏丸串通好了……。」

至此，伊豆守終於明的了！他們之所以一再延遲册封將軍的原因，全在於此了！

看來，也只好先回江戶和柳生宗矩共商計策了！

——此行不可謂沒收獲……

天皇歌詠的歌詞，不正是獻給他們的最大禮物嗎？他可以告訴大家，朝廷並無意册封駿府方面的人爲將軍。

「對了，剛才在拐彎處和你們招呼的年輕人是誰？」

「年輕人？……哦！他是烏丸文麿，怎麼了？」

「我看，他的武功很不錯，不論是眼神或步伐，都可看出，他絕非普通的公卿！」

三

在實條和文麿二個人的前面，有一個巨漢，俯身在榻榻米上。

「好了，抬起頭吧！」

得到了實條的允許，巨漢抬起頭來，那是一張可怕的臉孔，面頰上有着深深的刀疤。

「給你一次表現的機會！」

「謝謝！」巨漢深深地一鞠躬。

這個男子名叫天野刑部，是四國的長曾我部盛親的遺臣。盛親不幸在大阪一戰中陣亡，他對於自己未能追隨主公，感到悔恨莫及。自此以後，即四處尋找一個捨命而能發揮能力的工作機會，以便堂堂皇皇地一死了之。這就是天野刑部之所以經常出入於三條實家，與盛親的生前好友頻頻接觸的緣故。

文麿在刑部的面前，放下一個包袱。

「這裏有一千兩銀子。」

「到駿府去吧！這些錢可用來征召一批浪人，以及作爲籌措起事之用。」

此刻的實條，精力充沛，且富於威嚴，與從前在土井、伊豆守面前的懦弱表現，全然判若兩人。

如果土井看到眼前的實條，必定訝異萬分，並且，驚覺到實條等人懷有野心，是家光和忠長二個人的共同敵人，同時也是德川家的敵人。此種表裏二面的技巧運用，就是朝廷貴族在經濟上和軍事上，雖然乏力，而仍能苟延殘喘數百年的資本。

「德川家的兄弟正處於對立，然而，二個人都缺乏挑釁的藉口，你去替他們製造藉口吧！如果駿府中聚集了大批浪人，哥哥必然不能視若無睹，而弟弟在被哥哥懷疑的情況之下，必然不得不被迫起而交戰，於是，天下大亂因之而起。」

「太有趣了！眞是求之不得的好機會！」

「盡力去幹吧，事情的成敗，全看你的本事如何，想雄霸一方，絕非作夢！」

「不過，絕不可透露出我們的姓名！」

文麿適時地提醒一聲。

「我知道了！」

「倘若軍費不够……。」

這時，實條突然又恢復了公卿的表情。

「派人立刻通知我們，我們會儘量去設法張羅，不必操心，我們擁有豐富的經濟來源……」

呵呵呵……實條笑得很得意。

實條所說的經濟來源，就是首席宰相土井利勝，這時土井已經來到宇津谷的丘陵上。下了丘陵，就是丸子宿，然後就是駿府。隨同而來的一行人，分別是渡邊黨的二個護衞，和小笠原玄信齊。

山由兩邊迫近，山中小徑綿延不絕地向上廻旋。四周的能見度很低，但是，雜草均已割除，原本雜亂不堪的荒山野地，呈現出一片新氣象。

兩天以前，松平伊豆守經過此地，因此，才會整理得這麼清爽宜人。

土井開始有些喘不過氣，同時，心中不由得覺得好笑，堂堂的宰相親自出馬上京，却一無所獲，空手而返。

他推測伊豆守的心理一定很難過，伊豆守之所以無法獲得將軍册封的詔勅，完全是由於土井的從中破壞，想到自已的任務獲得成功，不禁洋洋得意地浮起笑靨，片刻，笑靨消失無遺。

——現在，迫切需要財源……

土井心理想着。在京都已經向大阪的商人，調借了一萬兩的巨額款項，以自已身爲年俸僅六萬五千石的小王侯，要償還這筆巨款，可能還得花上二十年的時間。

自此以後，實條和文麿那一夥窮公卿，必定認爲奇貨可居，而想向土井儘量搾取。

非但如此，還必須向各地的諸侯進行多方遊說。雖然，他心想，公卿們眞是貪得無厭，但是，向諸侯進行遊說，確實需要錢！……

六萬石、六萬石……，土井在心裏不停地唸着。

——憑我的這身本領，却只領取六萬五千石的年俸，太差勁了！他覺得非常不滿。

德川家康由於顧慮到以前的同事，以及對於政策的設想，因而，對於德川家的家臣，僅給予微薄的年俸與少許的領地，但却給予權力與名譽。

因此，別家的王侯年俸六、七十萬石者比比皆是，甚至亦不乏年俸一百萬石的大王侯，但是，德川家的王侯，却以井伊家的年俸十八萬石爲最多，其餘大都只有三、四萬石的年俸而已。

經濟蕭條，政治必然衰敗。政治革新，財源滾滾而來，但是，當政治紊亂時，這些缺乏經濟來源的小王侯，就只有束手無策了。

——這是家康公的重大錯誤！

擁有政治權力，却經濟短缺的德川家諸侯，與地位頗高而缺乏資金的公卿，站在同樣的立場。

——假如擁戴忠長公爲將軍的話……

土井在心裏默想。

——那麼，我最少要拿五十萬石

這種要求並非貪得無厭。全是爲了將軍家。

「丘陵還沒到嗎？」

「快了！」

護衞中的一個回答道。果然不錯，他們很快就抵達山頂。

「喲……我眞是老了！」

土井站在山頂上，不禁發出了感慨。這時，山風由山谷向上吹，使得微微出汗的全身，頓覺舒暢無比！

突然，由背後傳來一聲大叫聲：

「相爺，請站住！」

這是玄信齊的喊叫聲。同時，一個渡邊黨的護衞，發出慘叫聲之後，隨即倒下。另一個渡邊黨的護衞和玄信齊，則像發瘋一般地向四面躍動。

土井被二個人夾在其間，茫然佇立。

二個人之間不斷地發出尖銳的鏗鏘聲。說時遲那時快，僅僅是短短的一瞬間而已，土井終於覺察出事態的嚴重。

飛刀從二邊的山上，不斷地飛射過來，玄信齊和渡邊黨的護衞，揮刀連連擊落射來的飛刀。二個人的刀，如同水車般地團團轉。

終於，聲音停止了。

剩下的渡邊黨護衞向山中射出飛刀。玄信齊撿起地面上的飛刀，扔進草叢中。

「逃掉了！」渡邊黨護衞說道。

「相爺是否受傷了？」

「沒有！」

玄信齊查看一下自已的刀。那個渡邊點的護衞則彎下身檢視同僚的傷勢。有一把十字型的飛刀，射穿他的喉嚨，在他的身旁還有五、六把飛刀。

土井撿起其中的一把飛刀，問道：

「是什麼人?」

「可能是根來衆吧。」

「原來是他們!」

「一共有三個人。玄信齊師父一個人對付二個……。師父眞了不起……。」

渡邊黨的護衞，對這個個子矮小而且其貌不揚的玄信齊的高強武功，佩服得五體投地。

「能够同時打落二個人一起射來的飛刀的高手，確實不多。」

「不，我的刀子有了裂痕，還不行……。應該用刀背去接飛刀才好，由於時間緊迫，無暇使用刀背。不過，這是一次很好的經驗。」

玄信齊喃喃地自言自語。

「玄信齊，我把我的飛刀送給你!」

土井從腰間拔出大、小二刀，然後，將大刀賞給玄信齊，而小刀則賞給渡邊黨護衞。

「眞不知該說什麼……。」

玄信齊感激不已，抬頭望了望眼前的土井。

四

在駿府城內的古典舞舞臺上，阿國歌舞團正在表演最後一個節目「佛舞」。

這是阿國歌舞團抵達駿府城以來的第二次公演。由於首度公演，獲得極佳的風評，錯失機會的人們，要求再度演出，因此，這一次演出是阿國歌舞團離開駿府的最後一次演出。

這次的表演，充滿青春的活力，並且場面極爲豪華，不過，顯得有些猥雜。觀衆對於舞臺上的演出十分欣賞，大家都陶醉於刺激性慾的興奮中。

舞劇裏，有的團員扮演武士，也有的扮演和尚，又有的扮演農夫、尼姑、小姑娘，或山賊……等等，每個人都從和服下展露出白淨誘人的大腿，令觀衆一眼就可以看出，團員們大都是女扮男裝，因而感到性的興奮。

其中，最惹人注目的當然是，歌舞團團主阿國富於魅力的舞姿，她那豐滿的軀體，洋溢着青春的氣息。

阿國手持一把大刀，將全身依靠在大刀上，然後，再將它插在腰間。觀衆產生了一種錯覺，看來那把大刀像極了男子的性器。當她將刀插入腰間的那一刹那，臺下引起了一陣騷動，因爲，觀衆產生了以自己的性器貫穿那個女子的錯覺。

每個雄糾糾氣昂昂的武士，都顯得極爲興奮，一個個怦然心動地端坐着，並且，目不轉睛地注視這一切動人的舞戲。

忠長也看得目瞪口呆。當他將視線全部集中在阿國的身上時，突然覺得她身上的衣服，一件一件地脫下，裸露出豐滿又富於彈性的乳峯。

忠長回憶着和阿國共度一夜良宵的喜悅，由於是瞞着別木庄左衞門一夥人，偷偷前往幽會，因此，記憶特別深刻，印象特別強烈，可以說，他從妻妾那兒所無法獲得的高潮，均歷歷如繪地一一重現於眼前。

——這一根手指頭還留存着記憶呢！

忠長不覺在無意識中，咬了咬曾經碰觸過她的私處而弄淫的手指頭。不久，就因淸醒過來，而嚇了一大跳，立刻放下嘴邊的手指頭，此刻的手指也溫溼了一如當時，而吸吮過手指頭的嘴唇，也因碰觸過阿國的私處一般地麻木了。對了，當時爲何不試試呢？

忠長激烈地自責着，何況阿國還曾爲自己展開一次絕妙的舌技。

——天下的諸侯中，不知誰有過像我這般的艷遇？

想着想着，他不自覺地裂嘴而笑。心想，坐在她身旁、挺着胸、皺着眉，一本正經地觀賞表演的別木庄左衞門，雖然已經老大不小了，可能連想都沒想過這種事情。

——再來一次吧……

他期盼着再來的機會。不由自主地回過頭，望了望曾經他爲安排約會的貼身侍衞山方長二郎。山方躍躍欲試的眼光與自己的視線不期而遇，彼此在默默無言之中產生了一種默契。

「——阿國的事，要拜託你了！」

「——阿國的事嗎？沒問題！」

他閃爍着含笑的眼光。

——眞是個好跟班……

忠長不禁發出了苦笑。

這時，有一個公差走到別木的座前，向他耳語一番。當公差離開後，別木立卽站起身，走到忠長前面。

「他已經回來了！」

別木低聲說道。他所說的他，指的是土井利勝。

——太不湊巧了！

忠長這樣心想着。

「好，你先走吧，節目快結束了！」

忠長視線不離阿國地這樣說道。

於是，別木退下，而表演也結束了。

阿國走到他的面前，作禮貌上的寒喧。

「表演得十分精彩，大家都極爲讚賞。以後有機會歡迎再來駿府，我們期待着妳的再度光臨。」

阿國抬起頭來，以溼潤的眼光，含情脈脈地注視着忠長，然後，向傳達的武士說道：

「承蒙公子的褒獎！下一次如果能機會再度前來駿府表演，是全體團員無比的榮幸，一定勤加練舞，以報答公子的厚愛！」

忠長點了點頭，轉身離座而去。

在走廊上，忠長抬眼望着矗立在夕陽中，被染紅了的富士山，不禁憶起剛才阿國的眼光，似乎要向他訴說什麼似地，於是，在心裏唸唸有詞：

──阿國啊！妳要磨練成爲日本的第一號女孩，而我要成爲日本的第一號男孩！

走廊的另一端，土井利勝以疲憊不堪的表情，在那兒等着他。

「土井，辛苦你了！你在京都的所作所爲，我都已經聽說了，嗯，作得很好！」

忠長這樣地加以慰勉。

「伊豆守垂頭喪氣，無精打采地，剛剛行經駿府……」

忠長噗嗤一聲，大笑了出來。

「說一說你今後的計劃吧！」

「聽說，我在宇津谷，曾遭到根來衆的襲擊？」

「這是什麼話！宇津谷不是本府的轄區嗎？土井，你沒有受傷？」

「謝謝公子的關照，有了你這句話，旅途的勞累，頓時消失無遺！」

土井利勝以顫抖的聲音回答道。

「我想請公子允許接見一個人。」

土井利勝往後退了幾步，並且抬頭看看隔壁的房間。隔壁的房裏，有個男子俯身在榻榻米上。雖然，乍見個子矮小，但是，他的全身像鋼鐵一般，予人以武功高強的印象。

「那是擅長『眞新蔭刀法』的小笠原玄信齊，他在宇津谷，輕而義擧地打落二人同時射來的飛刀，救了屬下一命。他立志要成爲全國第一流的劍客，並且，矢誓要擊垮柳生宗矩。」

「全國第一嗎？嗯，有志氣！走近一點吧。」

忠長說着，不禁想到，自已向以天下第一自居，而圍繞在身旁的，也都是一些諸如阿國、玄信齊等等，標榜全國第一的人物。

「眞是無巧不成書！據說，玄信齊的兒子是阿國歌舞團的一員。」

「什麼？阿國歌舞團……？」

「名叫雪之丞……。還是一個擅長隱身術的行家呢。」

忠長似乎對這個人毫無印象，浮現在他腦裏的，只有阿國迷人的倩影。

——眞想再見她一面……

如今，忠長對於自己能否得到天下，成爲大將軍，似乎變得莫不關心。

五

「你是說，久能山的御用金銀嗎？」

別木庄衞門拉一下耳朶，似乎不敢相信自己的耳朶。

土井利勝準備要動用久能山的金庫，作爲擁立忠長的活動經費。

「但那是家康公的遺產，他曾經再三囑咐，除非國家遭遇大難，否則決不可動用……。」

「現在，國家正處於多難之秋。」

土井利勝皺着眉回答，在他的眉宇之間流露出堅毅的決心。

久能山位於距駿府東方二里半的海濱，是一座由海灘崛起一千尺的山丘。

往昔，山上矗立着一座久能寺，是一處供奉觀音的靈地。後來，由於著名武將武田信玄認爲此處地居險要，而加以修築城池。及至家康，始廢城廓，但是仍不失爲險要之地，因而，將它作爲收藏金銀的寶庫，尤其是自大阪掠奪而來的豐臣家豐碩的遺產，全都收藏在此。

家康臨死之前，曾留下遺言，希望將遺體埋葬於久能山下。也就是，他爲了德川家而希望成爲鎭守西方的鬼神。

後來，家康的遺體被移至日光的東照宮，當時，曾有尾張、紀伊、水戶三家，趁此機會會同前往久能山，檢視寶庫中所珍藏的金銀財寶，結果發現共計二百萬兩。於是，三家瓜分了其中的一百萬兩，如今，久能山的寶庫中，還藏有一百萬兩。

這些巨額的款項，由榊原昭久擔任警衞，率同精銳的部屬日夜守護着。

「此一構想眞是不簡單。」

別木搖着頭說道。別木原本是對抗家康的石田三成的臣下，因而，並不尊敬家康，儘管是家康遺命所禁封的儲金，只要有所需要，予以動用，也是理所當然。

但是，對於德川家的遺臣，家康等於是活佛，而對土井利勝而言，家康同時也是一位神君，深信如果違背他的遺命，必會吐血當場暴斃。

「那麼，駿府能否籌出四、五萬兩的軍費？」

「這個……。」

「當然不能。不要擔心，我們只不過暫時借用而已。等忠長公取得天下，那筆錢立刻可以湊足償還，這不就行了嗎？」

土井利勝講得頭頭是道。他當時身爲宰相，由於職務上的關係，當然必須到場會同檢視御用金幣，他曾堅決反對三家瓜分一百萬兩，可是，衆人根本不採納他的意見，因此，他對於三家的蠻橫無理，感到極爲憤慨！既然如此，他心想着，忠長公借用金幣，有何不可？

「但是，要如何進行？由誰？……總不能光天化日之下，堂堂皇皇地……。」

「那不行！我們必須儘量採取被動的姿態。如果大白晝公然掠奪御用金幣，等於正式向江戶一方挑戰……。」

土井利勝鬆弛了眉宇間的皺紋，笑了笑。然後，用扇子的一端敲了榻榻米三下。

別木嚇了一大跳，不知不覺地跳開，因爲，他發覺房間的地板下有人。

地板下傳出了回響。

「出來吧！」土井利勝叫道。

不久，隔壁的紙門打開了，有一個全身漆黑的隱身術高手，俯身在那兒。

別木瞠目結舌地看了看隔壁房間的男子，再仔細聽聽地板下面的動靜，發現地板下的人似乎已經不在了。

「進行得如何？靠近過來！」

那個隱身術行家，默不作聲地來到土井利勝的身旁，交出了一串鑰匙。土井利勝再將鑰匙轉交給別木。

「這不是貴府的金庫鑰匙嗎？」

「怎麼會……？」

別木發出了驚叫聲，他不知道到底是開啓什麼地方的鑰匙？

「這是玄信齊的兒子雪之丞……。怎麼樣？你是不是進去過金庫了？」

「嗯，進去過了！」

「金幣總計有多少？」

「由於有些金幣放在箱子裏，因此，無法判斷出正確的數目，大約二千兩左右……。」

「嗯。」

「身爲年俸六十五萬石的親王，僅僅擁有如此戔戔之數的產業，實在少得可憐！」

「放肆！到我住的旅館等我好了！」

「是。」

雪之丞膝行而退下，到了途中突然消失蹤影。

別木呆立一旁，彷彿作白日夢般地恍惚。然而，這並非白晝作夢，手上明明放着鑰匙。

不久財政官來了，看來神氣十足，彷彿告訴衆人，德川家的財政全由他一人掌管。

於是，立刻派人去叫經辦的財政官來。

「你如何保管御用金庫的鑰匙？」

「上班時將其妥善保管於保險箱中，下班後，則由下官隨身携帶返家加以妥善保管。」

「那麼，在辦公的時間裏，是否有被盜用的危險？」

「房間裏有十幾個同事……可是，相爺……鑰匙……鑰匙怎麼啦？……」

那個財政官講到一半，突然覺得極爲詫異。

「相爺，你問這話是什麼意思？……在下高橋森之助，卽使拼了一死，也務必妥爲保管鑰匙，如果不愼遺失鑰匙，我必定切腹自盡，以謝君命……。」

「金庫裏目前還有多少金幣？是不是二千兩左右？大概……。」

「相爺……到底是怎麼一回事？」

「這是什麼鑰匙？」

「唉呀！」

高橋臉色蒼白，驚嚇不已。

「原來如此，這是金庫的鑰匙。」

別木回過頭去看看土井利勝，對他非常佩服似地鞠了一個躬。

「好了，財政官，你把它收起來吧！這不過是開開玩笑罷了。別說是你，連我這個身爲宰相的別木庄左衞門，可能也無法防備得萬無一失。千萬不可自尋短路！」

高橋一臉沮喪地走出房間，當他的背影消失之後，別木說道：

「眞可怕，不但偸了鑰匙，還進去過金庫……。」

「如果久能山的金庫也發生同樣情形，那麼，土井必定切腹謝罪！」

「下官一定奉陪。」

別木回答道。

六

當天晚上，小笠原雪之丞帶了十來個渡邊黨的人員，前往久能山盜金幣。

留在家裏的別木庄左衞門，看到蠟燭的火焰晃動得很厲害，並且不停地發出吱吱聲，不自覺地站起身來。

「不要慌！別木。」

土井利勝在一旁慰勉他。

「嗯，我不慌。」

別木一邊回答，一邊覺得自己全身冒着冷汗。甚至，從前馳騁於戰場上，也未曾有過此種不安的感覺。

別木初識雪之丞，是在土井提出有關盜用久能山金庫計劃的當天。在這以前，他也曾見過雪之丞好幾次，只是，對他毫無印象一如陌生人。

那天，別木看到穿着艷麗的雪之丞，怎麼也不敢相信，他就是那個盜取金庫鑰匙的隱身術高手。

他秀麗的臉龐，以及一舉手一投足之間，洋溢着女性般——不，甚至比女性更妖艷更誘人的魅力，別木突然感到心中有股新鮮的訝異感以及憧憬，令他怦然心動。

這麼富於魅力的小伙子，他在觀賞了二次阿國歌舞團的表演中，竟然未曾發現到。或許當一個人對對方感到興趣時，才會擁有特殊的印象吧。

「聽說，一個隱身術高手對於自己所參與的工作，絲毫不外洩，是嗎？」

土井利勝問道。

「是的……。正因此，我們才能獲得世人的信任。」

雪之丞稍微嘶啞的，既不屬於男性的聲音，也不屬於女性的聲音。如果不是出自雪之丞的口中，到哪裏去聽那種甜蜜而優美的聲音？它着實打動了聽慣戰場中刀劍鏗鏘聲的別木的耳朵。

「嗯，很好，那麼，我也同樣地信任你，有一件事情要勞駕你了，請你從久能山的金庫中盜出五十萬兩金幣！」

這的確是一件驚天動地的大事，一旦被發覺，別說土井利勝，甚至連忠長，以及所有的家臣，都會腦袋落地。

雪之丞本來說話很乾脆，如今，竟然默不作聲。

「怎麼樣？雪之丞。」

土井不禁焦急地提高嗓門問道。

「是否心生畏怯了？」

雪之丞並非畏怯，也不是不講話。不知從何時開始，他早已抬起眼睛，一直注視着別木的眼睛，似乎想告訴他什麼。在這三個人當中，害怕得連話都說不出來的，只有別木一人。

別木突然覺得心裏悶得發慌，有點喘不過氣，因此，不自覺地高叫了一聲：

「怎麼樣？雪之丞……。」

這時，雪之丞的眼底，目光閃爍。然後，他的面頰有如冬末的殘雪般，漸漸鬆弛終而露出笑容。

「好，我答應！」

他發出輕聲細語，却表現出優美的姿態，以全身說話，並且，還強調了一句：

「非常樂意……。」

雪之丞的眼波，又飄向了別木，令別木不由自主地不寒而慄，也使他產生了雪之丞在自己懷裏掙扎着，且不時發出嬌聲的錯覺。

自此以後，雪之丞像一個能幹的女性般，細心而謹慎地多方籌劃著盜取久能山金庫的事情。

一個人要搬運好幾十萬兩金幣下山，是不可能的事。雪之丞預計第一次先搬出二十萬兩金幣，他請來了十幾個渡邊黨人員，從事工具的製造，準備運用由山頂將金幣直接吊下山的方法。

盜得的金幣，必須暫時埋在山中。在他們行事的當天，準備由忠長帶領衆人前往久能山祭祠，同時，藉機賞給榊原警衞大量的酒，而將他們灌醉，這都是雪之丞的主意。

一般說來，一個能力高強的人，大都與他人格格不入，總是予人冷漠的感受，但是，如果是女性，則另當別論。雪之丞的情形，就有一點異乎尋常，他的身上經常洋溢著妖異的氣氛，令別木終日坐立不安。

雪之丞終於出發了。

別木在城內的房裏，與土井利勝一起等待雪之丞的好消息。

他的心着實無法穩定下來，心想：

——如處身於地獄一般！

別木歷歷如繪地想像著，花容月貌的雪之丞，慘遭衆人亂刀砍殺，而鮮血四濺，肉片四散的慘狀，不覺心痛如絞，難以自止。

——別胡思亂想了……他一定會成功地回來！

嗯，沒關係的，別人就不知道，但只要是雪之丞，必定不會發生差錯！想到這裏，剛才被亂刀砍成肉片在空中四散的雪之丞，又一片片地被風吹回來，聚在一起而形成英俊瀟灑的雪之丞。

別木的眼前呈現出，露出迷人微笑的雪之丞，於是，他放下了忐忑不安的心，也報以微笑。但是，片刻，他展露的笑容突然凍僵了，因爲，他的腦海裏又浮現出，雪之丞呼天喚地慘遭碎屍萬段……。

別木的額頭又冒出了永遠揩不盡的冷汗。

「天快亮了。」土井利勝說道。

別木點了點頭。他看到土井利勝威風凜凜地端坐著，絲毫不動搖。眞是一個如鋼鐵般堅強的人！別木自歎弗如。

「我去開開窗戶。」

他彷彿要逃避似地站起身來。

打開了窗戶，外面仍然是一片漆黑，寒冷刺骨的晚風襲來，令人不禁打起哆嗦。

突然，有個黑影掠過眼前，然後，有一個人像一隻小鳥般，投入他的懷抱裏。

「別木大爺！……」

那個黑影呼喚了一聲，就全身倒在他的懷裏。

「雪之丞，阿雪……。」

別木緊緊地擁抱著他。雪之丞像一隻小鳥般，又輕盈又溫柔地躺在別木的懷裏，同時，將他怦然跳動的脈搏，迅速傳達到別木的心中。於是，別木宛如置身夢中，情不自禁地拼命吸吮雪之丞的嘴唇。

七

駿府淺間神社前的廣場，一向熱鬧非凡，但是，近來已大不如前。最近，此地頻頻出現一些面目可憎、無惡不作的浪人，他們吃喝嫖賭，無所不為……。

有個叫賣糕餅的女人，緊緊抓著一個浪人不放，那個滿臉腮鬍的浪人，一邊吃著糕餅，一邊舉起長矛，企圖嘴角一抹，拔腿就跑。

「付給我糕餅的錢，我要糕餅的錢！」

女人高叫著，但是，那個滿臉腮鬍的浪人置若罔聞，當他將手指頭上的糕餅屑片吸食乾淨之後，便一把推開女人，企圖一走了之。

「我說過，我不要的嘛，可是，妳一直在一旁嘮叨個不停，硬要我吃一塊糕餅，看在妳的面子上，不得已只好吃了一塊……」

「誰說吃了一塊！吃了三塊！快付給我糕餅的錢！」

「走開！嚕嗦！」

「小偷！吃了糕餅不付錢！」

那個女人仍然緊抓住滿臉腮鬍的浪人不放。

「大家評評理吧，這個人吃了糕餅不付錢！」

「放開！叫妳放開，聽到沒有？」

浪人使勁地擺脫，女人雖然全身搖晃不定，但是，似乎誓死不放。浪人用力搖晃他的腰部，那女的也跟著搖擺身體，當女的搖晃了一下，浪人也隨著搖擺不定。

這時，四周圍上來一大羣人。他們看到女的身體搖晃不止，就開始大笑，同時，像啦啦隊般地高聲喊叫，爲她助陣，浪人看到此種情形，更是勃然大怒。

「別木，去勸勸吧！」

戴著的草笠幾乎覆蓋了整個臉孔的土井利勝說道。

正當別木準備上前時，雪之丞拉住他的手，告訴他：

「等一下，你看看……。」

說著，雪之丞的手指頭纏住別木的手指頭。

然後，雪之丞舉起一隻手，指向前方，這時，別木看到人羣的角落，出現一個威風凜凜，面頰上留有可怕傷痕的彪形大漢，而且身後還跟隨著五、六個男子。他向其中的一個耳語了一下。於是，那名男子點頭爲禮，並且，走向浪人那邊。

「看情形，你大概遇到困難了，武士應該互相幫助……。老板娘，多少錢？」

「二文錢，二文錢而已！」

女的一邊緊緊抓住那名浪人不放，一邊回答道。

「我會付給妳，妳放開手好了。」

「錢嘛，我有的是，不需旁人救濟！」

浪人高聲喊叫著。

「我只不過是由於這個女人不講理，硬要我吃她的糕餅，所以才……。」

「喲，你不是勘兵衞，山崎勘兵衞嗎？」

「什麼！喲，你是青山權五郎！你還沒死啊？」

「我替你付糕餅的錢！」

「哼！眞是女守財奴！」

「等一下，勘兵衞……。老板娘，喏，給妳，拿去吧！」

「不行，權五郎，我山崎勘兵衞，堂堂七尺以上的男子漢大丈夫，怎麼可以……。」

「沒關係，不必介意，況且，這還是天野刑部的一番好意！」

浪人回過頭看了一下，只見那巨漢輕輕地點頭爲禮。

「大概已經有四、五十個浪人聚集在一起了，你來不來？可以拿到治裝費。」

「眞的？……原來如此。我在備前流浪時，曾聽說，前往駿府，將會有意想不到的收穫，於是，我就連夜地趕來了，果然……。」

「嗯，你來的正是時候。走吧，還有酒喝呢！」

於是，兩個人並肩地趕上走在前面的伙伴們。

「那個浪人看來還不錯！」別木開腔道。

「可能以前還是個有頭有臉的人。」

「從備前趕來……。不曉得誰叫他來駿府？」

「酒足飯飽的人，的確無法猜測出饑腸轆轆的人心中想的是什麼？人們都說，一匹口渴的馬會自行尋找水喝……或許饑餓的人們，嗅覺特別敏感吧。這羣餓狼已經聞到一股戰亂的味道了……。」

「會不會是從京都得到的消息？」

「京都嗎？……」

土井利勝不屑地說道。他的臉上浮起了濃厚的輕蔑表情。

「那些傢伙有這麼大的影響力嗎？」

「可是……。」

別木本來想回以辯駁，片刻，又打消了此念頭。因爲，這是在路上，而且，身旁的雪之丞，不時地撫弄自己的手指頭。

「怎麼辦？……」

「什麼怎麼辦？」

「怎麼處置他們？」

不論在駿府的治安上，或是對江戶的體面上，處置這批浪人，都成爲一個極爲棘手的問題。

目前，駿府還不能與江戶交戰，按理說，爲了不給予江戶任何挑釁的藉口，應該將這些浪人全部趕走，但是，又令人躭心，如果將他們全部趕走，到時候，一旦有事，恐怕無法徵集浪人。

「我們要不要會見天野，跟他談談條件？請他們離境，不過不要離開太遠，最好讓他們藏身於安倍河。」

「何必那麼麻煩！實際將他們驅逐出境也無妨，他們形同一羣蒼蠅，雖然趕走了一羣，只要拿出飯粒，必定又會飛來另一羣。」

「眞的嗎？」

「浪人的事，由你去設法好了。」

土井利勝拉低草笠，他計劃從現在開始，逐戶拜訪每一家王侯。

別木和雪人丞是來送行的。

第四章　出沒無常的雪之丞

別木庄左衛門
雪之丞

一

駿府城外的安倍河畔，搭建了無數帳篷，並且還分別插上許多旗子，浪人們團團圍聚，大約有一百五十人左右。

不久，有五、六個人騎着馬，來到河畔。

其中，有一個人單槍匹馬地衝出來高喊：

「駿河大納言公的臣下別木庄左衞門，想跟各位談話，有沒有人要聽？」

於是，由帳篷中魚貫地走出一羣浪人。其中，五、六個人走在前面，其餘的人緊隨於後。

從五、六個人中站出一個人，向著來人高叫：

「我是伙伴們的代表天野刑部，有話請說吧！」

「在駿府城內搭帳篷插旗子，非比尋常，必然惹起視聽，引起物議，必須立刻撤走。」

「我們這一羣浪人，無家可歸，出仕無門，請發發慈悲，暫時讓我們住下去吧！」

「那麼，取下旗子，同時，拆除帳篷。」

「我們目前雖然是浪人，但曾經也是一名武士，有生以來，即使僅僅露宿野地一夜，也必定搭起帳篷，豎起旗幟，將其地視爲一處城池，絲毫不敢掉以輕心，這是每一個武士所應有的心得。」

當天野刑部向別木辯駁時，浪人羣中有人高叫：

「我們站在駿河公的一方！」

「一旦和江戶絕裁，我們必定打前鋒，情願死在忠長公的馬前！」

頓時，衆議紛紛，一片譁然，久久無法制止。這原本是一羣烏合之衆，因此一發卽不可收拾。

「駿河有駿河的作法，不必勞煩各位操心，拆除帳篷，取下旗子，立刻離開吧！」

一羣浪人聽到別木這樣說，就哄成一團，叫道：

「這裏是我們的城池，旗子不可取下！」

「你要取下的話，但憑實力！」

別木騎著馬掉轉頭，到了埋伏的武士那邊，高高擧起長矛，揮了一下，於是，一隊搶隊立刻在河堤上排成一列。

一陣槍擊的轟隆聲，震撼了天地。

緊接著，又射出了二發，然後，別木和其他的五、六個人騎著馬，一起衝向浪人的一羣。

於是，浪人們抱頭鼠竄，踏破了一向引以為榮的帳篷，紛紛四散而逃。

×　　×　　×

「剛剛射出去的槍彈，大都未擊中！」

疾風滿頭大汗地說。

「你是說，最後由天野制止了浪人伙伴們。結果呢？」

柳生宗矩這樣反問道。

「死了一名，傷了二名，天野本人安然無恙。」

「未被槍彈擊中，是嗎？……吩咐佐源太，追隨天野的行蹤！天野到底是何許人物？……」

「他是長曾我部的遺臣，聽說，經常出入於三條實條家。」

「什麼？三條實條……？你是說，大納言三條實條嗎？……」

宗矩笑得很開心。

「那就更加牢牢地監視天野吧！」

「還有，土井利勝離開駿府以後，行蹤不明。」

「他在江戶，不必擔心！」

「報告完畢，最後，佐源太特別交待，小笠原玄信齊是危險人物，務必詳加注意！」

「嗯，辛苦你了，回去後轉告佐源太，我期盼著他的好消息。你在這兒吃過飯再走吧！」

疾風鞠了一躬，關上紙門，再下到院子。這時，他有著如釋重負的感覺，心想，比跑一天的路還要累！這是身為新進的根來衆的疾風，初次見到天下第一劍，也是王侯的柳生宗矩，他心想，今天可能瘦了一公斤，而不覺地揩下滿頭的大汗。

他被帶到廚房，心裏想著：

——不知道阿萬現在在公館的什麼地方？

別離阿萬已快兩個月了，雖然時時惦念著她，但是，不能爲了兒女私情而置國家大事於不顧。另有一件叫他掛心的私事是，想看看好友屋納幕倒下——不，被拋下的地方。

「請告訴我，根來衆倒下的地方？」

疾風對嚮導人員說道。

「在那邊！」那個嚮導毫不在意地，隨手指向圍牆旁邊。

疾風十分驚愕。在那裏…但在那裏……。

——屋納幕！

疾風坐在地上，用手輕撫地面的砂土。

「當天晚上發出一聲巨大的響聲，我立刻衝出去，一看，有一個男子倒在那裏，一半的臉部已經不見了，於是，十兵衞立刻出來查看究竟……。」

聽了嚮導的話，不覺抬起頭望望身旁高聳的圍牆。

——眞不是人，怎可將他從那麼高的圍牆拋下來！

武藝剛剛學成，離開家鄉千里迢迢來到江戶，竟然死得這麼突然。經過長久痛苦煎熬地勤練武功，如今，尙未充分發揮，就已喪失了性命。

——我要替你報仇！

疾風合起掌來膜拜。

從遠處傳來呼喚疾風的叫聲。當他起身站起來時，聽出了那是十兵衞的喊叫聲，於是，疾風飛也似地奔向聲音傳來的方向。

「哦，疾風，快來！」

十兵衞抓了疾風的手就往前衝。

跑不了幾步，就看到一扇柵門開了，由裏面抬出了三頂女用的轎子。

「前面的轎子，等一下！」

十兵衞大聲喊叫。

「阿萬，是疾風，疾風來了！」

「什麼事？有人闖禍了嗎？」

最前面的一頂轎子的門打開了，一個女官探出驕傲的臉孔。

「我是柳生宗矩的長子十兵衞……這個人是下一頂轎子中所坐的阿萬的情人，我想給他們一個互相道別的機會……。」

「沒時間，轎子不能停下。」

女官吩咐打開下一頂轎子的門，同時，向轎夫發令繼續前進！

於是，後面轎子的門打開了，露出一張白臉。

阿萬那雙睜大的眼睛，快速掠過疾風。

頭髮梳得高高的，一身華麗的衣裳，以及一臉的濃粧艷抹，再也找不出當年奔馳於山中的痕迹！只是，秋波流轉，含情脈脈注視著疾風的眼睛，還留有當年阿萬的影子。

很快地，轎子掠身而過！

疾風茫然若失地目送著轎子漸漸遠離。突然，他感到十分懷疑，剛才注視著自己的，果眞是阿萬？她的眼睛裏何以滿懷悲哀，甚至仇恨？

——阿萬怎麼會表露出那種眼神呢？她應該不至於恨我！

二

宗矩一手抓住紙門的把手，心裏覺得惶恐不安，他看了看四週，絲毫找不出任何使他覺得不安的對象。

如果要勉強提出不安的理由，或許是覺得最近有些躭溺於新寵吧？

——是不是爲了阿萬？……

宗矩苦笑了一下。從前，他們將阿萬帶來時，他對阿萬一身襤褸，根本不屑一顧，後來，他嘗試一下，讓下女們替她琢磨琢磨，果眞變成了一塊艷光照人的美玉，這眞是令人吃驚，打開了破舊的包袱，原來裏面藏著的是世上罕有的高價寶石！

他不覺舔了舔舌頭，既年輕又漂亮，而且，風情萬種，什麼撩人的姿態她作不來！同時，還是一個身懷絕技的女孩子。然而，他必須強行壓抑對阿萬的慾念，心裏雖然極度渴望獲得她，却礙於自己的身份與地位，而更加不可出手。不過，可以另找一個年輕的女孩，作爲自己逢場作戲的對象。

——阿萬啊……

屈指算來，阿萬今天應該抵達大內，於是，他終於找出了剛才自己心覺不安的原因。

柳生宗矩在阿萬來此辭行時，曾對她說：

「假如家光公表示願意收納妳，千萬不可拒絕！」

「那……可是，根來的規矩……。」

「對方是未來的將軍，佐源太不會反對的，不，甚至根來的菩薩也一定會很高興的，因爲，妳若懷有將軍的子嗣，根來衆不就穩如泰山了嗎？記住，千萬不可使出『塡安』的絕招喔！」

一旦阿萬懷了孕，那麼，原本是阿萬養父的宗矩，屆時，將成爲將軍的外戚。

因此，他不敢碰觸阿萬，而以其完璧之身獻給家光。但是，當時阿萬表露出極度的悲哀，雖然，她並未以語言或行爲表達，但是，實際上可以說，她以其全身表現出她內心極度的哀傷。

宗矩仍然感到不安，只是，當這份不安從內心消失之後，就感到一陣悔恨。

——阿萬何以如此悲傷？的確非比尋常！

——讓阿萬使出「塡安」招術就好了！

「塡安」是根來的女性，全都會的招術，是用手形成一個洞的意思。

根來的禁例，女性在隱居之前不可和男子發生肉體關係。只是，有時，礙於任務不得不如此，這時，她們必定使出「塡安」招術，那是，用手形成一個洞，置於女性性器官之前，而將男性的性器官導入其中。由於技巧極爲高明，除非對方也擅於隱身術，否則，一般的男子，絕對發現不出其中有詐。

根來的女性，大都不會提到「塡安」的事情，她們平日在外露臉從事地下工作時，自然會派上用場。此外，根來的男子，也絕少提及「塡安」，只是，當他們看到同伴扮成神女的姿態，不免加以質問，是否犯了禁例，這時，她們就悄悄地告知其中奧妙，如此而已。

——眞可惜！……

宗矩想着，立卽又露出了苦笑。在等待着自己的女人房前，冏想着離自己而去的女子，不禁覺得可笑，自己是何等地好色呀！

他拉開紙門，一眼望見床上隆起的被蓋。宗矩快步走過去，用手掀開被蓋的當兒。

「唉呀！」

他發出了驚叫聲。

原來，床上跳出了一個女人，用刀牽制住宗矩。

刹時，那個女子露出眞面目，一變而爲一個微笑的男子。

「玄信齊！……」

「勿近女色啊！勿近女色！」

敵方忠長派下的刺客玄信齊始終微笑着。

——剛才一直覺得忐忑不安，原來……

宗矩想着，但是，已經後悔莫及。

——那麼，院子裏的女孩子們呢？……

可能被玄信齊下手一一除掉了。

——眞糟糕，何以如此掉以輕心！

爲何自己未曾發覺到，在院子裏擔任警衞的女孩子們情況有異呢？一個人在漫長的一生當中，難免有幾次心情鬆懈的情況發生，但是，今晚的鬆懈，可說是致命的，因爲，對方竟然是玄信齊！

「我承認落敗，要殺就快下手吧！」

「胡說！我又不是劊子手。我情願堂堂正正地與你比劃比劃，你既然身爲將軍家的武術指導，應是我們所有劍客們的最高棟樑，也可說是天下第一劍。但是，自從你成爲天下第一劍以後，早已忘掉我們，或者是故意避開大家，你自抬身價，號稱柳生新蔭流的招術，在將軍家是門戶不出的秘術，而嚴禁與外人比武……。」

玄信齊一邊講話，一邊緊抓宗矩的衣帶不放，宗矩一轉身，玄信齊也隨着一轉，而來到他的背後。他那把短刀彷彿要撕開衣服一般地，一直緊按在宗矩的腹部上。

「請你寫一張比武證明吧！」

「作什麼？」

「我有了這張證明，就可以活着步出公館，同時，也可以證明，不是我偷偷潛入你的公館……。」

「知道了，我寫！」

柳生宗矩於是隨着玄信齊，移身至桌旁，桌子上放置着紙、硯台和筆墨。柳生宗矩一邊磨墨，一邊說道：

「玄信齊，你與我比劃之後，即使贏了，就能够成爲天下第一劍嗎？也能够成爲將軍家的劍術指導嗎？」

「能够！……」

「這個房間，是我準備給側室們居住的房間，你能够像我這樣，即使與側室沉溺於悅樂之中，而仍不忘記擺張桌子，備齊紙、硯台和筆墨嗎？」柳生宗矩故意拖延時間。

「我只管一劍！」

「這就是身爲天下第一劍的我，與他人的不同之處……。」

「人各有志，時候不早，快寫吧！」玄信齊不耐煩的說。

宗矩認爲這是一個重要關頭，務必穩下心來，絕不可讓這份顫抖的字跡留傳於後世。

他用心地磨墨，一氣呵成地寫下了短短數行字。

「本人以小笠原玄信齊爲對手，

互相爭奪天下第一劍的頭銜。

兩個人一致發表聲明，

即使殘廢，甚至死亡，

也心服口服，直至世世代代，

絕不懷恨！……」

「這樣可以了吧？」

「嗯，可以……！」玄信齊低吟着。宗矩寫得令人絲毫察覺不出心中的動搖，表現在紙上的是強勁有力的筆勢！

「請簽上花押！（用筆劃出圖章，謂之花押）……。」

玄信齊反而覺得自己的聲音有些顫抖。

宗矩故意簽錯花押，玄信齊由於不熟悉宗矩的花押型式，因此，覺察不出其中的差異。

二個人步出房間，過了走廊，來到屋前。那些徹夜看守的警衞，看到宗矩被敵方牽制住，不覺嚇了一大跳。

「不要吵！立刻去喚醒我的三個兒子！」

「喚醒你三個兒子……。」

「不是需要我向他們出示證明嗎？」

「……………。」

「而且，你我比武，可說是難得一見的場面，天下父母心，怎能讓他們錯失這種值得見識觀摩的機會？」

「嗯，知道了！」

不久，抵達道場，警衛們點燃了蠟燭。十兵衛、左門，以及又十郎，統統到齊。當宗矩向他們出示比武證明時，雖然顯得十分震驚，但是，也只好無可奈何地接受此一事實，各個都擺出一副聽天由命的姿態。他們兄弟三人，端坐在道場的一角，看來態度相當鎮定。除了宗矩的三個兒子，其餘的人均被逐出場外。

玄信齊露出了感動的微笑，他終於釋放了宗矩，而收回了短刀。

——立刻加以攻擊，抑或儘速逃走？

瞬間，玄信齊緊張萬分。

宗矩面向神龕，坐了下來。

「帶刀！……」

宗矩下令道。於是十兵衛很快地帶上宗矩的刀，宗矩命他放在右邊。

「玄信齊，我要祭神，你也來吧，同時，你也該在先父石舟齊的靈前膜拜一番，他曾對你有恩。」

「好呀！我對神發誓，堂堂正正地比武，同時也向石舟齊先生膜拜，祈求他的保佑！」

玄信齊不敢掉以輕心，一直坐在宗矩的右側。

「我要點燃神燭！」

說着，宗矩站起身來，當然，刀還是放在原處。他站到台上，將神前的蠟燭點燃了。

然後，他回過頭來，對着玄信齊微微一笑。

玄信齊也報以微笑。

說時遲，那時快，瞬間——

宗矩跳起身來，而在次一瞬間，那個燭台已擊中玄信齊仍留存着笑容的臉孔。

「卑鄙！」

對方發出一聲慘叫而倒地，但是，仍不忘拔刀出鞘，準備站起身來反擊。但是，宗矩快速舉刀，由上而下，將玄信齊劈裂成二半。

「卑鄙！……」

十兵衞不覺發出低吟。

「不，是對方掉以輕心，同時，手脚又遲鈍。」

柳生宗矩看着從玄信齊身體不斷湧出流向地面的鮮血，喃喃地說道。

三

離開駿府城大約二里的路程，橫亙着一條藁科河，這是安倍河的支流，河畔矗立着一間寺廟。廟前有個武士，帶着三個隨從，躍身下馬。

有一個浪人模樣的男子，像門衞一般地前去詢問來人的姓名。

那個武士臉上戴着面罩，只露出了二個眼睛。他堅不吐露姓名，只告知要會見天野刑部。

「來了嗎？」

聽到門衞的報告，天野刑部發出快樂的喊聲。

「請他進來，不准對他無禮！」

天野一向留着二撇鬍子，這時，弄濕了它，使它發出亮光，然後，靜待客人的來到。

他被驅逐出駿府，想必是遲早的事。天下哪有一個國家，允許一個搭帳篷、插旗幟的浪人集團存在？

天野之所以如此，完全是爲了引起人們的注目。他聚集浪人以及大肆喧嘩，全是爲着沽名釣譽。

此舉一旦成功，從前那個一表人才，叫作別木庄左衛門的男子，一定會牢牢記住天野這個名字。起初，聚集了大約一百五十個浪人，但是，經過別木的步槍射擊，那些膽怯，以及只是來湊湊熱鬧的膚淺浪人，自然一哄而散，只剩下一些具有野心，且想死得有價值的浪人。

如今，留存在天野身邊的浪人不到三十個，但是，各個都是有用的棟樑之才。

這一次，他們只需靜待時機的來到卽可。他們不再搭建帳篷，也不豎起旗幟。天野嚴禁他們騷擾村人，只要有竊盜、強暴、縱火，或是其他連累到村人們的行爲，一律判處死刑。事實上，已經處決了三個，均分別讓他們自行切腹自盡。

一個是竊取寺廟裏的寶物，企圖遠走高飛，另二個則是強暴村裏的女孩子。

如此地嚴守紀律，必然使得駿府的人們對他們刮目相看。於是，不久的將來，當駿府發生大變動時，他們必定會得到與其他浪人不同的待遇。這三十個左右的浪人集團，雖然一向保持靜默，但是，日子一久，消息一定會傳到外面。

駿府不久一定會派人來，如同以前向天空開火的別木庄左衞門一般，可以說，駿府城中有的是人才。如果再度率領軍隊來討伐他們的話，便可認定駿府再也沒有爭奪天下的野心，因此，大可決一死戰，留下一個武士的美名，也是一件樂事啊！

如今，一個武士來了，用面罩掩住臉孔的一個武士來了。天野預料得不錯！

既然來訪者不肯道出姓名，又拒絕拿下面罩，自然不必以酒菜予以款待。並且，與其讓他登堂入室，不如就在院子裏會面更爲合適。於是，天野命令部屬將會客用的桌椅全都搬到院子裏的樹蔭下。

那個武士由曾經賴過糕餅帳的山崎勘兵衞帶領着進入屋內，武士說道：

「取下面罩，表明身份，以及道出姓名，都請免了吧！」

聽他的聲音，似乎很年輕，但是，誰來都一樣，如果是別木親自前來，可能也會罩着面罩說同樣的話。只是，這個人的眼光銳不可當。

具有此種尖銳的眼神，卽使遭受三十個人的圍攻，也至少可擊倒十五個人，天野在心裏如此盤算着。如此看來，他帶來的三個隨從，似乎也不同凡響，各個看來態度相當穩重。

「我此番前來，並沒有什麼特別的事情，只是仰慕你的大名，專程前來忠告，請多方保重。我隨身携來小小禮物，希望對你能有所幫助。」

那個武士說完話，早已站起身。

「有關我來此的事情，不論任何人問起，決不可透露！」

「知道了，那麼，我們可以在此長住下去嗎？」

天野諷刺地笑着問道。

「多保重，多保重！」

武士的眼睛笑了。

天野送走了武士。回頭打開禮物一看，赫然是三百兩的銀子，天野欣喜若狂。

蒙面武士和三個隨從走了一里路後，隨着轉入山中。

入山後，武士取下面罩，露出眞面目，原來他是柳生又十郎。接着，他又脫掉衣服，換上一套輕便的便服。

「穿這種華麗的衣裳，實在很不自在！」

他深深地嘆了口氣，然後笑了。

「你表演得眞像那麼一回事。」

一個隨從說道，他是佐源太。

「在三兄弟中，又十郎少爺最像柳生大爺。」

「像父王嗎？……」

又十郎苦笑着說道。

「不……我比不上父王。他那種剛愎自用的作風，我實在望塵莫及……。」

又十郎想起他的父親雖然被短刀牽制着，但是在寫給玄信齊的比武證明中，仍不忘考慮到那張證明在後世的效用，而稍微在花押上動手脚，此種深謀遠慮，實令人佩服。由於花押不同，卽使證明留傳於後世，也將成爲模仿得唯妙唯肖的僞證明。他的二個哥哥，似乎未曾發現其中的奧秘。

柳生宗矩曾經命令又十郎將那張證明燒毀，但是，又十郎不忍心將其丢棄。

那是他父親面臨死亡所留下的字跡，可以說，是以其渾身的力勁與魄力所寫下的證明。

於是，又十郎心想道：

——對，或許我最像父親！

哥哥十兵衞認爲父親的作風十分卑鄙。而左門認爲雙方難分高下，覺得父親最初的漫不經心，以及玄信齊最終的掉以輕心，彼此各佔五成。但是，又十郎認爲，玄信齊雖然獲得了九成九的勝算，但到最後由於功虧一簣，而仍然是一個失敗者。因此，可謂天下第一劍非父親莫屬，而油然生起對父親的敬意。

「天野刑部乍見似乎不簡單，戰爭時，應可委以重大任務……。可是却胸無城府，問了一句不該問的話——說什麼，可以長住下去嗎？」

佐源太不覺笑了起來。

「看來好戲上場了……。」

四

「讓你久等了！」

松平伊豆守一走進房裏，就用扇子連扇了好幾下。身爲一國之宰相，如此使用扇子，的確是難得一見，因爲，扇子原本是會議場合的一項道具。

「進行得如何？」

柳生宗矩看了看伊豆守，問道。

「家光公嚴厲地斥責了我一頓，還命令我再次上京。」

伊豆守快速說完話，就嘻嘻嘻地逕自笑了起來。

「啊，對不起。反正我被家光公狠狠地訓了一頓。因爲你吩咐過，所以，我又不敢向家光公說明，這次家光公兄弟倆之所以引起內鬨，完全是京都的公卿們一手導演的。因此，再次上京，必然仍將一無所獲。於是，我爲了改變話題，就提及阿萬的事……。」

這時，伊豆守似乎突然想到什麼，又笑了。

「對了，我早就聽春日局說過……她說，最近家光公對阿萬寵愛有加……果然，一提及阿萬，家光公立刻轉怒爲喜，只見他眉飛色舞，阿萬長，阿萬短的，興奮無比，原本他就是一個天眞爛漫的人……。」

宗矩皺了皺眉頭，從懷裏取出一疊文件。

「我沒料到家光公會講得那麼精彩……眞令人有些臉紅……。」

「請你看看這個……。」

宗矩打斷他的話，交出三、四張釘在一起的文件。

伊豆守不禁發出「啊呀」的驚叫聲，有點不好意思地接受了它。

「這是土井公走訪過的諸侯名單。」

「嗯，你的辦事能力確實精明能幹，令人佩服。」

伊豆守似乎急於收斂鬆弛了的面頰般地，猛然地點頭。

「可能也有人來到相爺這裏，向相爺報告土井公的行蹤。」

「嗯，有的，例如，脇坂家……。」

「那麼，請你在上面作個記號。」

伊豆守點點頭，拿起名單看了看，然後，記下三處記號，再放下來。

「眞是嚇人，提及伊達與尾張二家，原本就唯恐天下不亂，也僅止於苦笑而已，不足以爲怪。可是，連酒井、安藤二家也分別插上一脚，這就令人費解了……。」

伊豆守似乎頗爲氣憤地說道。

「我要去向家光公報告。」

「嘿，或許你該三思而行。」

宗矩搖頭嘆息道。

「除了前來密告的幾家以外，名單上有十八家的立場十分可疑，其中不乏歷代的元老家臣，以及顯赫的世家，可謂事態極爲嚴重……。令人感到棘手的是，這些人平常均表現出一副似乎爬在地上舔舔家光公鞋子亦在所不辭的臣服姿態……。」

「如果我向家公光報告，一定將其加以叱責一番。」

「那當然。如果現在不立刻設法挽回頹勢，很可能十八家會一躍而爲二十家，甚至三十家。」

「事情傳開之後，可能有數家會前來謝罪臣服。但是，其餘的十幾家，可能心想既然遭到猜忌，乾脆一不作二不休，擧兵背叛算了。既然有十幾家擧兵背叛，必然會有其他的諸侯起而響應，這樣太危險了！」

「在這個臨危之際的情況之下，下個賭注必然十分有趣。舉目觀之，京都朝夕不保、侷促難安……。對於京都那些見風轉舵、伺機行事之輩，勢必加諸武力，才能令其心服口服……。」

「需要下賭注的不是我們，而是駿府的一方。我們只需高居在上，以萬軍之勢，從容應付即可……。」

「但是，這十八家的立場，實在令人侷促不安。但馬，你有何錦囊妙計？……」

「務須謀殺土井公，此外別無他法！」

「可是，上回在宇津谷曾經失敗過一次。」

「土井公必然不會坐以待斃。」

土井利勝對外聲稱退隱，實際上却出沒於京都，爲駿府一方從事多方拉攏的活動，江戶原本計劃好加以逮捕，不容其分辯，而斷然予以處罪，無奈却意外地碰上小笠原玄信齊，而遭到失敗。

「要是我們的所作所爲，能夠逐一按照計劃進行，該有多好！……只要土井公倒下，那十八家自然而然會爲家光公效忠！」

「眞狡猾……。」

「人本來就是如此。」

一個人往往在黑暗之中，不知何所該去，何所該從。一旦，條件齊備了，必然膽大妄爲，但是，在遭遇到阻礙之後，就又退縮、逃避，甚至見風轉舵。

「反正，我們絕不可掉以輕心，必須步步爲營。逐步將勝利的條件，建築到九成九的穩固程度，然後，再作最後百分之一的決戰，如此，方能獲得最後的勝利。」

這是他從玄信齊那兒得來的經驗。他曾落在玄信齊的手裏，遭遇無法逃脫的噩運，但是，步步爲營，謹愼提防，最後，終於打敗對方，脫離死亡之地。像玄信齊那樣後悔莫及的功虧一簣，千萬要不得，宗矩這樣想着。

「對了，對了……。」

伊豆守迎合他道。

「你和小笠原玄信齊的決鬪，的確轟動了整個江戶城，大家對你都十分欽佩，眞不愧爲天下第一劍。」

「謝謝誇獎！……土井公已經前往駿府城了，我會派我的兒子去跑一趟的！」

宗矩回答道。

五

雪之丞極力止住哭聲，却仍然從牙齒之間軋出哭聲。他用顫抖的雙手支撐上半身，眼淚撲簌撲簌地滴落在手背上。

他們已經得知雪之丞的父親玄信齊不幸遇害的消息。

帶來此一不幸消息的是土井利勝，他與雪之丞，以及別木庄左衞門，哭得簡直不成人樣。

別木心想着，要是土井不在場，他一定緊緊擁抱住雪之丞，並且，用嘴唇吸取他縱橫滿面的淚水，安慰安慰他。他那垂下哭喪着的臉，眞叫人心疼。

「勉強要你抑制哭泣，可能是項無理的要求……。」

土井利勝說道：

「但是，你要知道，哭泣根本無濟於事，你再哭，玄信齊仍然無法復生，並且，他在九泉之下，也不會高興你這樣的。」

「是，是的……。」

「爲他報仇吧！」

「是的……柳生的首級……我一定要把它獻在亡父的靈前……。」

「對，那是身爲人子應盡的義務。但是，你對付得了柳生嗎？……上次，我曾經派遣幾個渡邊党人去襲擊他，可惜未獲成功。」

「我一定要積聚一切的怨恨在我的刀刃上，狠狠地刺他一刀，卽使犧牲性命，亦在所不惜……。」

雪之丞說着，抬起頭來，在他的眉宇之間，表露出堅毅的決心，他的臉龐凄艷無比。強烈的決心，使得他的雙眉緊皺着，而兩眼顯得烱烱有神，看來像極了一個匠心獨運的夜叉面具，極具凄厲之美。

「我敎你怎麼做吧！」

土井利勝說着，向前膝行一步。

「你先去除掉柳生最重視的對象。殺了柳生最重視的對象之後，必然使得柳生的銳氣大減，軍心大亂，然後，趁勢再除掉他次一個重視的對象……。」

「他最重視的對象？……有那樣的對象嗎？柳生所最重視的對象到底是誰？……」

「家光公！……」

「家光公？……」

雪之丞重覆一遍，並且側過臉看了看別木。

別木不覺望着土井利勝而發愣。眞是一個絕情的人……。土井利勝意圖利用雪之丞的悲憤作爲其工具。

「只要家光公垮臺，柳生根本毫無存在的價值……。緊接着家光公的，就是柳生宗矩的兒子，將其斬除盡淨……。」

「這是爲什麼？……」

「這是柳生應得的報應。柳生父子合力𠜎殺了玄信齊！」

「𠜎殺……。」

「必須讓柳生宗矩痛苦而死。同時，將柳生一族斬草除根、趕盡殺絕，以斷絕柳生流招術的命脈，這不是形同自闢一個新招術，號稱『眞新蔭』流，而更加圓滿地達成替令尊報仇的孝行嗎？」

「……………」

雪之丞茫然不知所措。

土井利勝的視線，越過雪之丞的頭部上方，直接接觸到別木的眼睛。土井利勝烱烱有神的目光，向他傳達着堅定的意志。不久，土井利勝站起身，撇下二個人，逕自走出了房間。

「別木大爺……。」

「阿雪……。」

雪之丞把整個身子投進別木的懷裏，盡情地哭泣。

別木緊摟着雪之丞的肩膀，並且，用另一隻手去撫摸他的後背。透過雪之丞單薄的衣服，他背脊的顫慄，傳到別木的手掌。

——我熟悉這根背脊所隱藏着的蒼白而又優美的凹處流向。

如今，要在他這優美的背脊上，掛上土井利勝的野心嗎？

「別木大爺！……。」

雪之丞抬起臉來。

別木將嘴唇靠近，在雪之丞的臉上爲他吸吮淚水。雪之丞靜靜地依任他去吸吮。

「阿雪，能不能直接殺柳生？」

別木不斷地吻着雪之丞哭腫了的臉。

「別木大爺，你要敎我！」

「我也不懂…。按照土井大人的指示去進行，大概不會有錯，他的計謀未曾失敗過…。」只要能够潛入江戶城，殺死家光，簡直易如反。家光一死，柳生的地位，必然造成動搖。

「阿雪渴望先死一次，再投胎爲眞正的女性！」

雪之丞將緊閉的眼簾染得通紅，一邊搖晃着身子，發出深深的嘆息聲。

「阿雪眞想爲別木大爺而死，好吧，我這就去了，既然別木認爲此舉無誤，我就遵照你的意思去作……。我願在九泉之下，變成眞正的女性，而等待遲早會來的別木大爺。」

「阿雪……阿雪……。」

別木激動得使盡全身力勁，緊緊抱住雪之丞，除了一直搖晃他的身子之外，再也說不出任何的話來。

六

樹梢微微晃動着。

有個影子像樹葉落地般飄落地面。接着，煙消霧散，影子在月光下顯露出他的原形，原來是疾風。當他走到大樹下，發現一伙人都已經站在那裏。

他們是左門、又十郎、茜，還有佐源太四個根來衆伙伴，聚集在樹下。疾風走到佐源太面前，一脚跪下，報告道：

「土井利勝卽將抵達此地。」

「一行多少人？」

「土井的馬伕、隨從，外加十個護衞。「

「這麼說，同連土井本人，一共十三人……。」

柳生又十郎向四周觀望，說道：

「只不過比我們多出五個人而已。他那些護衞的人選，你看如何？都是些無名小卒嗎？抑或……。」

「都是渡邊党那伙人……。護衞的頭目，也就是渡邊党的首領。」

「是渡邊半藏嗎？……」

佐源太喃喃說道。接着，又低吟着：

「半藏躬親出馬……。」

柳生家兄妹以及根來衆等人，奉了柳生宗矩之命，來此企圖突襲土井。他們獲得土井利勝將前往掛川之松下家訪問的情報，準備埋伏於此處，加以襲擊。

佐源太選定了太田河河畔的這個地點。太田河在流入平原的前一段流程，形成險灘，山彷彿不忍就此別離由其孕育而成的太田河，讓它就此流向平原一般，而由二側將其扼住。於是，太田河依偎着，像一縷緞帶，蜿蜒地伸向遠方。

「佐源太，你怎麼啦？」

「渡邊半藏……。」

「我知道，那又怎麼樣呀？」

「所以說，今晚最好……。」

「你是說，要平白地放棄這個大好機會！」

「又十郎少爺，你對渡邊半藏的了解有多少？並非僅止於風聞其名，而是實際地認識他本人！」

「我怎麼會知道？二人遭遇，發現對方的武功時，也就是其中有一個人必須倒下的時候。」

「要是能夠至少再多五個人，該有多好！……」

「佐源太，你這是什麼話！……一聽到敵人的聲威，就心生畏怯。原來，根來衆也不過如此，一羣烏合之衆而已。」

「又十郎！」

「又十郎少爺，豈可信口開河！」

「放肆！疾風！」

佐源太嚴厲地制止他。

「又十郎，怎可如此無禮！此時此地，佐源太是首領，我們應該聽他的指揮才對……。」

「哥哥，你怎麼窩囊！我們的目標只有一個土井，打倒土井，就大功告成。我們不必去管那些護衞，只要能夠和土井一對一，互相刺穿，這就够了。當然，護衞必然不會袖手旁觀，而從身後襲擊你，但是，只要能够打倒土井……。柳生的眞髓在於此，如果對方刺傷我們的皮，我們就砍破他的肉，如果對方砍破我們的肉，我們就砍斷他的骨。骨就是土井，皮和肉是渡邊，只要能够砍斷骨，也就够了。當我們決定好目標，就只需狙擊目標。你們根來衆在射擊目標時，難道還顧慮到飛箭所飛越的下面草原地帶嗎？」

「可是，又十郎，假如砍不死土井利勝，達不到目的……。」

「左門少爺……」

佐源太揷嘴中斷了他的話。

「我很佩服又十郎少爺的英雄氣槪，敝人佐源太着實銘感五內。」

「等一下，佐源太，要是你們全都葬身於此，柳生不就喪失了耳目了嗎？」

「請放心，還有淵雁和平嘴。」

佐源太一腳踢開排在地面的小石頭。那些小石頭是用來排列作戰戰陣。

「時正、九武、清水，還有疾風，注意聽着！你們必須掩護我，我們五個人一起如同大石頭由空中掉落一般，突襲土井一個人。」

「是！」

四個根來衆齊聲回答。

「左門少爺，還有令弟令妹，我們形成皮肉，願你們銳利地砍斷敵人的骨！」

佐源太說着，戴上面罩。

時屆深秋，晨空中高掛着一彎新月，宛如銳利無比的鐮刀。

佐源太和四個根來衆爬到樹上，屏住氣息，靜待時刻的來到，樹下的河水映射出耀眼的銀色亮光。

「疾風，這不是柳生谷的風光嗎？」

正要爬向樹頂的時正，向他耳語。

「不知道此時此刻的阿萬如何?」

「……………」

說也奇怪，此時此刻，面對着此情此景，疾風也正在想念故鄉柳生谷以及阿萬。同時，上次轎子裏，阿萬那份黯然神傷的憂戚表情，又再度浮現眼前。

「你和阿萬的事情，我全都知道。」

疾風這時忽然想到，對了，這次隨同而來的根來侍衞時正乃是阿萬的叔叔。

遠處傳來廻避的聲音。

同時，從對面的黑暗中，傳來了馬蹄聲。疾風感到樹下有點動靜，那是，柳生兄妹得知敵人即將來到，而稍微移動身子。

接着，又傳來幾聲暗示敵人來臨信號的敲木聲。疾風很快作勢準備跳下去偷襲。

在月光迷濛、薄幕夜霧中，出現朦朧的黑影。

那些黑影急促地擴大，四周一片萬籟俱寂。只見到有一個騎在馬上的人影，以及擁簇於其前後的黑黑的一大團影子，如同幽靈般地沉寂無聲。

當影子的先鋒來到疾風的脚下時，他看到騎在馬上的土井利勝，草笠上灑滿了一夜露水，映射出耀眼的亮光。

「咯！」

佐源太發出高喊聲。瞬間，疾風的身子已經躍入空中，再度形成影子。隨之而跳起的時正，也是一片影子。

飛躍在半空中的五個影子，向着騎馬者的目標躍進，彷彿受到吸引力般地引起向心運動，然後，五個影子聚集成一個影子，掉落地面，就在此時——

「啊呀！……」

有人發出驚叫聲，同時，五個影子現出原形。那是說，他們五個原本是行使無意識的反射神經行動，但是這時，發出叫聲之後，那種無意識的狀態便消失無遺。

這也難怪，因爲，當騎在馬上的人取下草笠，脫掉衣服之後，大夥兒發現他並非土井利勝。

他是一個影子。騎在馬上的影子，像個菩薩般地豎起刀來，只見四周一片刀光劍影。佐源太一伙人無異於飛蛾撲火，自行落入倒豎利刀的圈套中。

疾風眼見大勢不妙，惶恐萬分，就在此時，覺得肩膀上似乎被重重地踢了一脚，受到強烈的衝擊，然後，彈起身來滾落到河裏。

他眞有點神智不清，到底此刻置身何處？更茫然不知自己何以會掉落河中？突然，他想到這條河離他們藏身的樹木有一段距離，於是，迅即抬起頭來，只見幾個影子飛躍在空中，此起彼落。

疾風一躍而起，跳上馬路。但是，在他的雙脚尚未落地之前，所有的影子均隨風飄逝。

茜滿臉血迹，呆若木雞地佇立着。路邊到處都躺臥着屍體。

佐源太一刀揷中脖子，直穿下顎，倒地不起。時正和淸水則分別躺臥在他的旁邊。九武的五臟六腑盡露，正在作最後的痙攣。

又十郎一手按住左脚，躺在地上輾轉呻吟，左門倒在他的身旁。此外，還有四、五具不認識的屍體。

疾風此時深深吸了一口氣，恍然大悟。

──原來時正踢我一脚，救了我一命！

於是，在他的肩膀上，又隱隱作痛着當時強烈的衝擊。

七

黃昏包圍了整個江戶城。

連接前廳和大內的唯一通道走廊，已經是黑漆漆的一片。從黑暗中的適方，閃爍着燈火漸漸靠近，那是殿內的小侍從在逐一點燃燈火。當他點燃了最後一盞燈時，三葉葵的家徽，浮現在半空中，如同呼吸般地晃動着。

這一處通道，嚴禁女性進出，而大內則除了江戶城的主人之外，不准許男子進入。因此，那個小侍從——一個大約十三、四歲的小女孩，在自已點亮了的走廊上，作生平第一遭的遊行，然後，告訴坐在一旁的值夜火伕：

「一切交給你了！」

「嗯，一切由我來！」

值班的火伕點頭爲禮。那個小侍從似乎覺得很奇怪地聳聳肩、扭扭頭，然後，迅即走開。值班的火伕抬起頭來，微微皺了皺眉。

在燈光中，浮現出值班火伕的臉孔，那是雪之丞。

既寧靜又無聊的時間過去了。在了無人迹的走廊上，搖晃着一列燈火，令人頓覺不寒而慄。

不久，鈴響了。於是，大內彷彿被吵醒一般，陷入了一片混亂。

許多宮女們，不論老的少的，全部一起擁簇上來，穿梭在雪之丞的面前，一個個急行滑過。在這一批女子當中，最穩重而又富於威嚴的，首推春日局。她率着一個打扮得極爲雍容華貴的女子，慢慢走過雪之丞的面前，那個漂亮的女子就是阿萬，不過，雪之丞毫不知情，當然，阿萬也不知道那個如同走廊一旁的擺設品一般，俯身坐在那裏的值夜火伕到底是誰？

女人們一個個按照職位，各自佔據了席位。於是，剛才一片冷漠沉寂的走廊，頓然宛如百花盛開般，熱鬧非凡。

終於，木門開了，女人們紛紛磕頭。

家光越過了屬於他一個人特權的通道。

有一個女孩走在前面替家光捧刀開路，滿面春風的家光隨行於後。

雪之丞在走廊上雖然低着頭，俯身於一角，却用眼睛的斜角緊緊抓住家光。雪之丞終於看到了同性，因而稍微有些鬆懈。

「喂！……」

有人發出壓低了的聲音，並且，抓了一下他的衣袖，回頭一看，赫然佇立着一個女人，而嚇了一大跳。

在這個只有女人的大內，看到女人竟然會心生動搖，確實令人感到意外。或許是由於已經在大內埋伏了兩晝夜，對女子們的生活狀態、行爲舉止看多了，而感到厭膩吧！

——難道被看出破綻了嗎？

雪之丞心想着。雖然雪之丞不知道，但是，那個女子確實只是看到值夜火伕所坐的位置，稍微超越了規定的線上，而準備提醒他而已。

但是，毫不知情的雪之丞心想着，既然身份已被識破，只好乾脆一不作二不休，比預定的時間較早行動算了。想到此，於是，全身充滿了鬬志。

阿萬覺察到一股大氣壓般地殺氣騰騰，她爲了查尋殺氣的來源，抬起頭來四處觀望。

雪之丞的手舉上，抓起插在頭上的簪。阿萬屏住氣息。

雪之丞舉起手來，然後使盡全身力勁地飛射出去。同一時間，阿萬凌空躍起。

簪形成一道強烈的光線，飛了出去。此一瞬間，阿萬像一隻五彩的小鳥一般，雙手伸直，兩脚岔開，以全身作爲擋眉，站在家光身前。

「嘖！」

雪之丞激烈地嘖了一聲，飛簪迅即刺在阿萬的胸前。

此時，雪之丞早已站起身，而他所穿着的女官制服，有一片衣袖被剛才那個女孩拉掉了，露出了紫色的隱身術裝束。雪之丞蒼白着臉，滿頭散亂的頭髮，像個影子般，飄忽地佇立在那兒。

另一方面，阿萬在家光的身前，如同花朶散落般地倒了下去。

「有刺客，來人呀！」

悲鳴、哀叫聲頓時震撼了整個大內以及整個江戶城，於是，如同回響一般，一個個呼叫着「有刺客」。

雪之丞一躍而上，整個人影消失在天花板中。接着，又從天花板跳下一個紫色且帶有大刀的隱身術裝束的人影。

家光從捧刀的女孩手上接過大刀，迅即拔刀出鞘。

女人們也個個從懷中拔出短刀，在家光的四周，圍成一個大圓圈保護他。

「走開，妳們走開！」

「家光公，不行！」

春日局以全身撲向家光，阻止他向前走。

雪之丞拼命往前衝，手中的大刀一閃，立刻有二、三個女孩發出哀叫而倒下。

阿萬扶住刺在胸前的玉簪，蹣跚地站了起來。

雪之丞揮動大刀，趕走女人們，逐漸逼向家光。時光在壓迫中流逝。

阿萬終於拔出了胸前的玉簪，舉起手來，吃力地將它飛射出去。

玉簪正中雪之丞的手臂。

「……」

雪之丞的大刀掉落地上。但是，他立即抽出懷中的短刀，重又站在家光面前。

「呀！……」

雪之丞發出了驚叫聲。站在他面前的，已經不再是家光，而是柳生宗矩一伙人。幾個男子犯了禁忌，全都混了進來。

雪之丞抿着嘴微微一笑。他準備連人帶刀，以全身撲向家光。剛要向上跳起，突然感到頭上受到激烈的衝擊，接着，背上也熱了一陣。

在幾秒間，四周的一切均消失盡淨，在那渾濁的一端，別木庄左衞門的身影浮現在他的眼前。

「別木大爺……。」

雪之丞自覺自己的身子迅即被拖向別木。

※　※　※

別木一個人在駿府城內，獨自喝悶酒。他覺得今天的酒飲來毫無味道，而只是將其無意識地運到嘴裏罷了！他自覺今天的臉色一定可怕得嚇人。

敲門聲響了。

別木豎起耳朵聽着，但是，敲門聲只響了一次，並且，似乎有人進來。

他走到隔壁房間差遣人去大門查看查看。自己則愣在那兒，許久，才又回到原來的位置。那個人迅即回來報告，沒有人進來。於是，他吩咐佣人退下，正要伸手受酒杯時，不禁大驚失色。

因爲，剛才還好好的酒杯，如今已斷裂爲二半。

——阿雪……

他在心中呼喚着。

第五章　影之影

萬子
徳川家光

一

「那名刺客是怎樣潛入大門的？……那些來自伊賀和甲賀，具有隱身術的女子，怎麼連半點用都沒有？……」

松平伊豆守氣得嘴唇發抖，鐵青着臉說。

柳生宗矩沉吟了一會兒道：

「唔！也許刺客是男扮女裝混進來的！……」

「眞可怕！這種事最好別再發生！……宗矩！你可有什麼好法子？……對了！要那個曾經救過家光公的命，名叫阿萬的女孩，帶幾個夥伴來護衞好嗎？」

松平伊豆守這樣提議，但是，柳生潑了他一頭冷水：

「這是沒有用的！一個會隱身術的人，假使有意潛入，你就無法防備他！至於他的陰謀能否得逞，那又另當別論了！」

「照你這樣說，類似的事情，將來還是會發生的？……」

「不錯！只要忠長公活着……。」

「忠長公……他……。」

「唔！卽使忠長公過世，仍會有人企圖謀害家光公！比如說，尾張、紀伊、水戶三家親王！只要家光公沒有子嗣，他們其中的一位，就能取得繼承權……。」

當初，家康擔心德川一脈煙火斷絕，使得大位虛懸，遂指定三家親王爲候補繼承人！這項規定雙可防患未然，却也成爲血肉之爭的起因！

「眞麻煩！……到底該怎麼辦呢？唔！乾脆幫家光公找個替身好了！」

松本伊豆守靈機一動說。

「老實說，我就是爲這件事來找您商量的……。」

柳生行了個禮繼續說：

「至於春日局那邊，還請您代爲轉達……。」

※　　※　　※

疾風和重石兩人，跟在柳生宗矩後面，走進了江戶城的大門。他倆扮成柳生的家臣，髮型、服裝、挿在腰間的兩把刀，以及言行舉止，都像個十足的武士。

疾風走進城門時，突然湧起一陣感傷，心想自己一生中，可能很少有機會，像這樣光明正大地進城來！他們這次假扮武士，是礙於規定，假使不如此穿着，就無法進城！

想到機會難得，疾風的心情變得開朗起來，身旁的重石，彷彿也有同樣的感覺。

重石練成隱身術，比疾風早了十年，可算是疾風的前輩，他素來保持肅穆的面容，現在則一反常態，像一隻在院中晒太陽的小猫，悠閒而自在！

陽光普照着江戶城，走在前面的柳生宗矩，背部反映着日光，使後頭的兩人爲之目眩。

——這就是一般的世界嗎？

疾風意識到，自己正置身於世界的中心！可不是嗎？江戶城是全國六十幾個州的首善之區哩！

他本來以爲，駿府城或其他的大城，已總括了世間萬象，如今，和江戶城一比，却遜色多了！

如此想來，身爲根來衆一員的他們，可說是存在於另一個世界，扮演着影之影的角色！

疾風爲何這樣感傷呢？這是有原因的！

他對又十郎有一股怨氣，因爲，又十郎不聽佐源太的勸告，結果，害得佐源太和三名夥伴，步向死亡之途！根來衆到江戶城以後，算來已犧牲了十人！

淵雁——不對！該稱他爲淵雁佐源太，因爲，他已繼任第十二代佐源太！他曾說過：

「疾風！你不必責怪又十郎少爺，……

你既然不願背棄他，還背着他逃出來，又何必發牢騷呢？假使你眞的怨恨他，當初就不會那樣做，甚至會殺了他！已去世的佐源太，很佩服又十郎少爺的見解，我想你也一樣，否則，不會把他救出來……。」

淵雁繼續吐露心裏的話：

「柳生他們本來也是隱身術者，和我們並沒兩樣，如今，他們已露臉了，我們却還是一羣影子，這是什麼緣故呢？聽了又十郎少爺的話，我才恍然大悟——柳生某次下定決心，要到外面的世界去，根來衆却沒有這種想法！這就好像柳生站在箭靶前方，毅然地把箭射向標的，根來衆却想着，自己的責任，是當別人射箭時，幫他除去遮蔽視線的雜草，這就是形成後來差距的原因！事實上，前代的佐源太，也曾試着把箭射出去，可惜並未命中目標…。」

淵雁這樣告誡疾風，要把他握機會，現身於外面的世界。

至少在目前，疾風眞的辦到了！他光明正大地走進城門，不久將開始工作。

——堂而皇之地做事……

疾風想到此處，不覺露出一絲苦笑，因爲，他實際上只是柳生的影子罷了！他們此行的任務，是替家光找個替身，所以，從現在開始，要花五天的時間，仔細觀察家光的容貌，以及言行舉止。

——嗯！這還是件正正當當的工作……

轉念及此，疾風才釋懷。在他的四周，都是些準備上朝的武士們，他們都有各自的職份，有的身居顯要，有的則只是管些雜事，然而，從表面上看來，似乎並無區別，大夥兒同樣意氣昻然地進城來。

疾風等人肩負着觀察家光的任務，和身旁的武士們相比，又有什麼卑下的呢？

他們隨着宗矩入宮，穿過幾道走廊，終於來到工作的地點。儘管疾風十分不情願，還是得進入那陰暗而潮濕的地方，據說，那是江戶城的最凹處。

「這個房間通常是封閉的！」

柳生宗矩在一扇厚厚的門前停下來，這樣向他們說明。聽說，即使是兩名男子，也不容易把門打開。

但是，宗矩只伸手按在門的某處，它就迅速地移動，露出可容一人進入的空隙來。

房裏一片陰暗，只有從天花板的一角，射入一些光線，人站在房中，彷彿置身於很深的井處，靠着來自上方的微光，稍能辨認四周的情況。

「你們仔細聽着！別忘了在根來佛前所發的誓！在江戶城中所聽見、看見的一切，絕不能洩露出去！你們的任務，是察看家光公的特徵，千萬要記清楚！過一陣子我會來帶你們出去……。」

二

阿萬忽然感覺有異的彷彿冷風拂過面頰似的，遂睜開雙眼察看。隔壁房中杳無聲息，照說那兒應該住有侍女，大概已熟睡了吧！

阿萬拿起枕邊的短刀，放進被窩裏，這一舉動，引發了胸部的疼痛。

天花板被悄悄地挪開了，在黑暗處，有一對眼睛在窺視。

——啊……阿萬……

阿萬覺得有點奇怪，因爲，那雙窺探的眼睛，並有隱含着殺機。

有個影子輕輕地飄落。

——疾風……

阿萬簡直不敢相信！最近，宮中招募了一羣具有隱身術的女子，徧佈於各個角落，隨時隨地戒備着。唯有阿萬住的房間一帶，那些女子曉得她是同業，都不願太靠近。

——眞的是疾風！……

阿萬驚喜交集，差點喊出聲來。

她看見那個影子的眼中，露出了一絲笑意。

阿萬的笑容突然消失了，一陣衝動，促使他從被窩裏抽出了短刀。

疾風目睹此種情景，眼神流露出訝異。

阿萬手執短刀，刺向自己的頸部，半途却停住了！因爲，她握刀的手，被疾風緊緊地抓住了。

「——妳爲何這樣做？……」

疾風以詢問的眼神，逼視着阿萬。

阿萬別過臉去，用被捂住嘴，無聲地哭泣着，

——我已經不純潔了！我犯了根來衆的忌諱，大夥兒再也不會接納我了！……

對她來說，在這世界上，疾風是唯一令她既想見面，又怕碰頭的男人！

過了好一會兒，阿萬的心才平靜下來，她察覺疾風有意離去，趕緊轉過身來！

疾風以憂鬱的眼神，無言地注視着她。

——這人冒着性命的危險，潛入大內來看我……

阿萬這樣想着。她並不知道，疾風如今可在大內，隨心所欲地隱身行走。

她拉着疾風的手，伸進被窩裏，放在她未受傷的左胸上。

疾風本能地想抽回手，但是，阿萬不肯放手。

過了一會兒，疾風逐漸加強手勁，眼中閃着快樂的光芒，阿萬覺得從他的手指，傳來一股熱潮，使得自己遍體舒暢。

疾風再度以眼神道別，把手從阿萬身上移開，化爲一團黑影，躍上了天花板。

「——但願你別再來……。」

阿萬喃喃自語。疾風也不知是否會意，只見那雙眼睛露出一絲笑意，迅速地消失了。

※　　※　　※

柳生宗矩終於來了。

「家光公的特徵，全部記下來了嗎？」

「是的！……」

重石點頭回答。

「那麼，從現在開始，去尋找和家光公長相類似的人吧！只要看到合適的對象，無論他是誰，都得把他帶來！假使有好幾個人選，就挑個比較蠢的，當然，也不能找個白癡來當替身……。」

柳生這樣吩咐他倆。

疾風和重石昂首濶步地走出城門，這是他們入城五天後的事。

他倆立刻前往三河國，因爲，德川家出身於三河，他們認爲一定能在當地，找到家光的替身！然而，他倆奔波了四天，却一無所獲！雖然，許多人在某些地方有點像家光，但是，那只是三河民衆共有的特徵罷了！

「唔！也許是後來的飲水，食物不同，使家光公的面貌改變了！……」

重石這樣分析，於是，他倆又回到了江戶城。

其實，他倆老遠地跑去三河找人，眞的多此一擧！那個最適當的人選，根本就近在眼前！

疾風在回到江戶的第三天，從一羣掘土的臨時工中，發現了所要尋覓的人物。

那個人矮矮胖胖的，看來有些遲鈍，正被工頭大聲地斥責，原來，大夥兒都在忙碌地工作，只有他躲在工地的一角小憩，那副悠哉遊哉的神情，和家光眞是像極了！

疾風如獲至寶，立卽奔告重石，經過重石再度地觀察，認爲再理想不過了，就商量好次日去把那人帶到柳生處。

可是，他們在歸途中，遇見了家光。

他倆乍見之下，不禁大吃一驚，家光對他們驚愕的神情却視若無睹，逕自進入某個武士的公館，消失在門內。他倆彷彿做夢般，許久說不出話來。

然而，如果那人眞是家光，應該有很多人出來迎接才對呀！而且，他怎麼連半個隨從也沒有？卽使是微服出行，也該帶幾名貼身護衞啊！他倆滿腹狐疑。

「疾風！那名臨時工那邊，你先去安排一下，然後，回到這兒和我會見，我打算今晚潛入公館看個究竟……。」

重石毅然地這樣決定。

三

柳生在千駄谷的住所，相當地隱密。

在某個房間裏，有個男子被兩名女子夾住，拼命地灌酒，看來彷彿艷福不淺，然而，他似乎情緒很不穩定！

這就是疾風和重石找來的替身。

他名叫岩虎，出生於尾張，現年二十一歲，受僱於神田的彥五郎。

至於疾風和重石所遇見的，面貌酷似家光的武士，則已在他倆潛入公館查看那晚死去，他們抵達時，只見兩、三名武士，正靜靜地爲他守靈。

他們察覺這是土井那幫人的陰謀後，驚訝萬分，立即跑去向柳生報告。

「唔！那名武士正是家光公……。」

柳生宗矩露出莫測高深的笑容繼續說：

「不過，那只是他的錯覺而已！有人蓄意讓他自以爲是家光公，那回是他偸跑出來，才會遭到殺害……。」

明瞭情況以後，他們決定以岩虎充當替身。

前一天晚上，岩虎遇到一個素昧平生的人，請他大吃一頓，酩酊大醉後沉沉地睡去，等他睜開雙眼，發現不是在彥五郎家的工人房裏，而是在一個富麗堂皇的房間裏，他驚嚇之餘，宿醉全消。

柳生宗矩望着面有懼色的岩虎，滿意地點點頭說：

「重石！疾風！辛苦你們了！從現在起，你倆把這件事完全忘掉吧！……」

「請您放心，我們不會忘記，自己只是影子罷了！」

重石行了個禮，疾風也跟着行禮。

他倆隨着宗矩，走進岩虎所住的房間。岩虎眼見一名威風凛凛的武士，站在自己的面前，不禁嚇得縮成一團！出人意料地，這名武士非但未傷害他，還卑屈地匍伏在他跟前道：

「臣是柳生但馬守宗矩！請您多關照！」

「嘎！……」

岩虎嚇得跳起來，忙不迭地往後退，撞在牆壁上，臉都發青了！因爲，沒有一個人不曉得，柳生是將軍的武術指導，如今，這位大名鼎鼎的人物，居然匍伏在他的面前，簡直令他魂飛魄散！他嚅嚅地道：

「請……請您恕罪……。」

「爲何說恕罪呢？您今天是怎麼了？唔！我們現在就開始吧！……」

「嘎！……」

岩虎怔住了，一動也不敢動，他以爲宗矩眞要比武哩！

「請您到這頭來！」

宗矩遞給他一個杯子這樣說。

「是！是！……」

岩虎慌忙跳過去。

宗矩讓他拿着酒杯，想替他斟滿酒，無奈他抖得太厲害，酒洒了一地，宗矩就拿了個碗說：

「還是用這個吧！……」

說着把碗遞給岩虎，替他斟滿酒，說聲「請！」，岩虎就一口氣喝乾了。

「啊！好酒量！再來一杯吧！」

柳生一面稱讚，一面向岩虎勸酒。

「好的！好的！」

岩虎連聲地答應。

「你別客氣啊！……」

「是！是！……」

「怎麼樣？好喝嗎？」

「唔！好喝！……」

岩虎被逼得差點哭出來。

「女人們！快向公子敬酒啊！」

宗矩這樣吩咐，他始終面帶微笑，然而，在岩虎看來，他的笑臉却比鬼還可怕！

「大……大人！您是不是想把我灌醉，再給我一刀啊？」

岩虎又喝了兩、三杯——不！該說是碗！他昨晚喝得太多，今天又被灌，已經快吃不消了！

「您別開玩笑！江戶城馬上就是您的了。……」

柳生一本正經地對他說。

「什……什麼？……」

「您很快就會被封爲將軍了！」

「……………」

岩虎彷彿醉意全消，緊緊地握着柳生宗矩。

「您儘量喝吧！這些女人也隨您處置，臣告退了……。」

柳生說完，退出了房間。

※　　　※　　　※

岩虎赤裸着身子，成個大字形癱在床上，用不太靈光的舌頭，嘟嘟喀喀地說：

「管……管他是什麼將軍、公子……我……我都當……。」

柳生宗矩和他的門徒松木新八郎，以及服侍岩虎的兩名女子，站在床邊，俯覩着爛醉如泥的岩虎。

松木摸了一下岩虎的性器官。

「唔！好髒啊！」

他苦笑着，看看旁邊的女人說：

「玩了不少次吧？……」

「是的！我們都……。」

女人紅着臉點頭。

松木又追問道：

「唔！是用根來女人特有的手法嗎？」

「是的！……」

「哈！哈！眞可憐！……不過，只要他得到滿足就好了！快替他清洗一下吧！……」

女人們替岩虎翻個身，讓他躺在油紙上，然後，幫他清洗胯下。

「嗯！行了！快準備吧！……」

松木這樣吩咐她們。

女人們用繩子把岩虎綑起來，然後，分別綁在四邊的柱子上。

「做……做做麼？……」

岩虎掙扎了幾下，可是，他醉得太厲害，還不知道已被捆住，他的嘴也被塞住了。

「快坐到他肚子上去！……快啊！妳們又不是什麼良家婦女！……」

松木把岩虎的性器拉直問道：

「您看該劃一個還是兩個呢？」

宗矩起先說：「隨便你！」，後來，想了一想吩咐道：

「還是兩個都切掉吧！……」

松木把睪丸部分用線紮緊，岩虎發出悶哼，不停地掙動着。

「妳們用力把他壓住！準備好了嗎？」

松木抽出短刀，看準了部位。

隨着清脆的刀響，兩個女人差點被震下來，她們趕緊用力壓住，可是，已經沒有必要了，因爲，岩虎痛得昏過去了！

眼見事已辦妥，宗矩自言自語道：

「唔！這只是第一步！以後要敎他進退的禮儀，這才眞是件難事哩！」

四

烏丸少將文麿，一反平日的公卿打扮，穿着修行者的服裝站在那兒，他這次是微服出行，由京都到駿府來。

土井大麿頭和別木庄左衞門一進房間，文麿立刻把視線從窗外移向他倆說：

「富士山眞是美極了！……」

說完帶頭入座，又對他們說：

「有勞二位大駕，眞是不敢當！」

他告訴土井利勝，因爲有事要下鄉，所以，選定在駿府碰面。寒暄過後，文麿注視着土井利勝頭的臉孔說：

「唔！那是和柳生等人格鬪時，留下的傷痕吧？」

「是的！……」

土井利勝似笑非笑地應着。在他的頭額和面頰上，有凝癒合的刀傷。

「嗯！看來更像個男子漢了！」

文麿這樣稱讚他。

土井利勝的眼睛閃動了一下，在心中想着：

——哼！說什麼風涼話？……也不稱稱自己有多少斤兩。

他怒在心頭。儘管，在戰國時代，臉上帶傷是一種榮耀，可以表現男子氣概，但是，從面容俊秀的公卿口中，吐出這種讚辭，却使人有受到傷害的感覺。

「聽說你殺了柳生的一個兒子，還除去了某個黨派的首領，眞令人佩服！三條公對你也是讚不絕口哩！」

土井利勝聽了文麿的話，露出僵硬的笑容，低下頭去。他聽到三條實條的名字，不禁心想：

——這個唯利是圖又好色的傢伙！……

土井利勝收斂起艱澀的笑容，正色地道：

「謝謝他的誇獎！……」

說完又行了個禮。

「我在東海道上，時常聽到有關駿府的消息，大夥兒的評語似乎還不壞嘛！……」

文麿的口氣變得比較平易了。

土井利勝和別木點了點頭。

事實上，不僅是風評好，最近，連關東的諸侯，也會在前往久能山燒香的歸途，順路去駿府向忠長問好。

說得露骨一點——只要順道去駿府，就能得到賞錢！

這件事已成了公開的秘密。

——那許多錢……

別木聽到這種消息，心不禁抽痛！那些錢是已過世的雪之丞，從久能山奪來的——不！該說是借來的啊！

土井利勝聽了文麿的話，覺得其中含有：

——快給我錢……

的意思！文麿走的時候，少不了要給他二、三千兩，土井利勝身負支配家康貯藏金的全責，即使是一文錢，也捨不得給那些黑齒的公卿，拿去玩女人啊！他突然想到：

——眞的只用於玩女人嗎？……

只要十兩金子，就能玩十個女人，享樂總是有限的啊！土井利勝他們，前後已送給三條等人三萬兩金子，此外，松平伊豆守和柳生等人，一定也會送財物給他們！這些公卿究竟如何花費那樣巨額的錢財呢？

外面陽光普照，天好得出奇，風吹不進來，房裏有些悶熱，一隻蒼蠅飛來飛去，嗡嗡聲惹得人心煩！

——討厭的蒼蠅！……

土井利勝不停地揮趕着，却發生不了什麼作用，這蒼蠅眞像三條實條啊！

「呵！呵！……」

文麿低聲地笑起來。

土井利勝轉過臉去，正好迎上文麿那諷刺的眼光，彷彿看透了他的心事，他趕忙把視線移開，就在這時——

「……」

傳來一聲微響，土井利勝只覺眼前閃過一道光，不自禁地站起身來，文麿的刀却已入鞘了。

「我看你這麼討厭它，所以……。」

文麿笑着說，在土井利勝面前，躺着被截成兩段的蒼蠅。

土井利勝一怔，原來公卿裏面，也有不簡單的人物哩！

「閑話少說，我這次下鄉，並不是爲了錢……。」

文麿換了一副神情說。

「任命將軍的事，恐怕無法再拖下去了……。」

「……。」

土井皺着眉，低下頭去。

「江戶那邊攻勢凌厲，我們這邊實在防不勝防，三條公很担心，所以，派我來探聽忠長公的心意……。」

文麿表明此行的任務。

「忠長公的期望是……。」

土井才開口，就被文麿打斷了！

「諸位的決心，我已經很瞭解了！我想請問的是——你們究竟採取何種手段？進展得如何？……」

「我叫別木！還是由我向您報告吧！」

別木看看土井繼續說：

「使者應該快到了！……老實說，由土井大人作媒，撮合仙臺伊達公的小姐夕姬，和忠長公間的婚事，深爲伊達家的家臣們所贊許，基於以往的關係，伊達公也表示贊成，所以，這樁婚事百分之九十九會成功！我們已派遣使者去仙臺，以取得肯定的答覆，他昨天就該抵達江戶了！我們知道您今天會來，因此，又派特使前往江戶聯絡，他可能馬上就回來了……。」

「唔！如果能和伊達藩聯姻……。」

土井利勝壓低了聲音說：

「北方的守備，就可說是萬無一失了……。」

「嗯！這樣一來，江戶那邊的威脅就……。」

文麿接着說。

「此外，尾張公也很討厭江戶的人……。」

土井利勝補充道。

「唔！我在名古屋的時候，他還暗地裏送酒給我哩！」

文麿笑着回憶道。

「土井！……。」

別木喊了一聲，只見院子裏的樹，彷彿風吹過似地晃了一下，一道黑影匍伏在門前。

別木趕緊跑上前問道：

「事情怎麼樣？」

「談成了，……。」

院中的樹又微微一動，影子迅速地消失了。

「小將！土井！婚事已經談妥了！哈……。」

別木與高采烈地對二人說。

「哦！總算放心了！」

土井鬆了口氣，對文麿說：

「您剛才已瞧見，我們正在積極進行哩！我不妨把七國聯名的信，也拿給您看看！你們那頭務必再拖延一個月——不！十天就夠了！過了這段時間，就會出現一件轟動天下的事……。」

「我懂了！既然如此，咱們絕不退讓！即使賠上性命，也要阻止任命將軍這件事……。」

文麿說完，臉上浮起一絲譏諷的微笑，接着說：

「其實，我說要強硬對付也沒用！說起來，這件事還是操在武士們的手上，……」

土井利勝頗感意外地注意着他，他索性高聲地說：

「土井利勝！全得靠你了！朝廷和忠長公是共存共榮的！」

土井利勝點點頭，心裏却很不安。

——他好像很恨武士！……

朝廷憎恨奪權的武人，並非一朝一夕的事，那些像女人般的公卿，即使滿腔怨恨，也不過像隔岸吠叫的小狗，一點也嚇不了人！可是，文麿心中的怨恨，却使人覺得，它會產生實際的作用！

土井利勝發現，自己對文麿和三條實條等人的事，實在瞭解得太少，而湧起一陣不安！

五

烏丸少將文麿，究竟有何企圖？……）

土井利勝在蒲原的旅舍中，一面吃午飯，一面這樣沉思着，好幾次停下筷子來。

據說，天野刑部曾在暗地裏拜訪烏丸。

這是土井派出的探子，剛剛帶回來的消息。

土井發現，原來他倆是莫逆之交，不禁有些吃驚。

——天野是不是京都派來煽動我們的人？……

然而，像天野那般意氣激昂的武士，應該不會甘於受人驅使吧？

——他能產生什麼作用？……

土井的嘴角露出一絲笑意，他並非那種需要刺激，才能與人爭鬪的人啊！他的腦中突然靈光一現：

——我懂了！……

京都方面是想利用德川家的內爭，坐收漁人之利啊！

將軍是武士階級的支柱，以他的名義下令，武士們都得奉命行事。

家光的力量本來已够強大，如果再任命他爲將軍，忠長那班人就無立足之地了。

因此，土井曾請求京都方面不要這樣做！朝廷爲了維持家光與忠長間的均勢，也有意扶植忠長。

「混帳！……」

土井不禁冒出一句粗話。

——給京都那邊的錢太多了！

他不甘心地想。只怪以往估計錯誤，還以爲那些公卿都是廢物哩！

然而，這畢竟已是過去的事，土井決心把它忘掉！接着，他爲盤踞在心頭的疑問，得到解答而高興！

如今，土井已面臨背水一戰的情勢，他決定回到自己的領地募兵，除了家臣們以外，還得從農、商、僧侶………各階層中招募。但是，怎樣才能把軍隊悄悄地移到駿府呢？還是乾脆在佐倉起兵？………這些問題像山一般，橫立在他的面前。

他倒了些開水在碗中，草草地把飯扒完。

然後走出旅舍，眺望着富士山，據說，在萬里無雲的日子，山頭的風仍然很猛烈。

——唔！在那樣的高度，風當然很強……

想讓忠長成爲武士階級的領袖，就像背一匹馬上山似的，路途必定十分艱難！

渡邊半藏跛着脚，牽着馬走來了。他是和土井同時受傷的。他向土井報告說：

「從這兒到沼津，並沒有可疑的人物！」

「辛苦你了！偵查到柳生等人的行踪了嗎？」

「唔！還沒哩！……」

柳生十兵衞宣稱要刺殺土井利勝，而離開了江戶城。土井本以爲在興津、秋比山，靠近海岸的狹路上，會遭到襲擊，幸好一路平安無事。

「好！我知道了！要小心戒備。」

土井一面吩咐，一面騎上馬。

擔任護衞的，都是渡邊派的人，他們一共有十五人，爲首的半藏，親自拉着土井的坐騎。

他們由於携帶的飲水不足，決定沿着富士河畔前進。

放眼望去，雄偉的富士山，遼濶的草原，使人心情頓時開朗起來。

「半藏！再過十天，我們不是從這條路回去，就是坐在戰艦上！」

土井看看富士山，又回顧駿河灣這樣說。

當時，蔚藍的海面閃閃發光，一直延伸到天際，伊豆半島上的山，呈現着暗紫色。

「半藏！到時候也給你五、六百名兵士，讓你當個步兵統領！」

「謝謝您的提拔！」

「唔！你還得命這批手下，分別率領一批人。」

「是的！……大家聽見了嗎？」

半藏問自己帶來的人。

「聽見了！……」

「渡邊黨就要揚眉吐氣了！大家一定要拚命才行！」

半藏興奮地大聲說。

突然，傳來尖銳的鳥叫聲。

「咦？是百舌鳥嗎？……」

半藏突覺不安，望着傳出聲音來的左邊山林。

「啊！」

他不覺一驚，樹怎麼都倒了？——不對！那只是錯覺！是樹枝大幅度地朝下彎曲了。

「啊！飛礫！……」

半藏發出警告。果然，黑色的石塊，迅速地凌空飛來。

「土井大人！快跑！……」

半藏使盡渾身的力氣，鞭打土井的坐騎，馬嘶叫着，人立起來，接着，一踢塵土，朝前疾馳。

半藏也想跑開，可是，肩頭受到重擊，不支倒地，在他的四周，像小孩頭顱般大的石塊，不斷地落下來。

有兩三個人，也被石塊擊中，搖晃了一下，倒在地上。

——太大意了！……

半藏心痛如絞地自責。

「老大！您怎麼了？」

一名手下跑過來，想把他扶起來。

「別管我！快保護土井大人……。」

半藏忍着痛，想站起身來，就在這時，那名手下的背部，連中了幾把飛刀。

接着，有兩個影子，從刀子飛來的方向，疾掠而至。但是，有三個影子立卽迎上去，雙方打成一團。

只見人影晃動，捲起四周的塵土，然後，洒落一陣血雨，影子紛紛地倒落。那些倒在地上的影子，都是渡邊黨的人。

——土井大人……。

半藏想跑快一點，可是，肩頭的重創，使手臂無法活動自如，身子也很難保持平衡，他在痛苦中，感到大勢已去。

土井無法前進，只好掉轉馬頭，朝半藏疾馳而來。

半藏眼見有個影子撲向土井利勝，立卽將手中的刀擲出。

然而，那個看來還很年幼的影子，背部雖然中了刀，還是躍上了土井利勝的坐騎，從後面一攬，刀子割裁了土井的左腹。

「渡邊半藏！我們主人的仇敵！……」

那個年輕的影子，在半藏面前發出人聲，接着是一道閃光。

半藏用手掌撥開刀背，跳到一邊，著地時搖晃了一下，又是一道閃光迅速地跟至。

半藏驟覺腹部的左側，像灼傷般地疼痛。

「唔！幹得好！」

他的身旁有人說話了。

在那個年輕的影子旁邊，是握着血刀的柳生十兵衞，在他的背後，則是聳立的富士山。

「柳生十兵衞……。」

半藏強忍着痛楚，喘息着說：

「我不……不甘心！就像……正想下大賭注，結……結果，賭本被偸了！……」

六

家光看到徐徐走過來的替身，不禁發出驚訝的嘆息聲。分毫不差的服裝、動作、身高，以及容貌。當那個替身轉身就要入座時——

「嗯！」

家光又不由自主地發出驚嘆聲。眞像一面鏡子！不，比起照鏡子，要神奇多了！如果是一面鏡子，對方不過是一個影像而已，本人怎麼動，影像也必然跟隨着怎麼動，但是，面前的這個影子，却完全隨着自己的意志而行動，家光不禁感到失去了自我的存在感。除此之外，不同的是，伊豆守、春日局、和宗矩，都未曾向那個家光表現出一副低聲下氣的樣子。

家光與宛如鏡中的家光，面對面地坐着。

柳生宗矩以低沉穩重的聲音，告訴那個替身：

「這一位便是家光公。」

瞬間，替身如同泥娃娃被潑上一桶水而崩潰一般，慢慢地滑身下去，爬伏在地面，此時的他，內心充滿著恐怖的顫慄。

恐怖的氣氛彌漫在替身的全身，甚至達於頭髮的尖端。家光原先在替身的身上，發現一個活生生的人的模樣，不一會兒，就又頓悟到，未崩潰之前的替身，乃是柳生宗矩一伙人所操縱自如的無生命傀儡。

——與我這個眞正家光的不同之處，原來就在此……

家光一時覺得好笑，終於寬下心。

「眞令人嘆爲觀止。」

家光笑着站起身來走下階，準備趨前仔細打量打量他的替身。他在替身的身邊繞了幾圈，摸了摸他的髮髻，然後笑道：

「這個人是我……？」

接着，又用扇子抬起替身的下顎，看了看。

「那麼，這一個我是什麼？」

替身驚慌失措。只見他臉色鐵青，全身上下不停地強烈顫抖着，家光的扇子幾乎支撐不了他顫慄的下顎。

家光狂笑了幾聲，回到自己的座位。

柳生宗矩向捧刀的小童示意，只見小童同樣地也以低沉而富於威嚴的口氣，對着替身叫道：「站起來！」

替身全身打着哆嗦，試圖站起起，但是，似乎腰部的關節脫臼似地，怎麼也站不起來，只好由家光的二名隨身侍衞，硬把他給拖了下去。

「眞是像極了！」

家光再度發出驚嘆聲。

「公子，請您從今天起，與那個替身在同一個房間裡共起居吧！」

伊豆守向家光報告。

「不久的將來，要由他代行公子的職務，因此，必須隨侍公子身側，以公子的一言一行爲典範，勤加練習，方能勝任。」

「我的替身……？」

家光再度對自己的自我存在感產生動搖。

「大家都會以爲他就是我……？」

於是，家光的眼前浮現出一幕幻象。在寬濶的正廳中，如同風吹蘆葦般地爬伏着衆多家臣，替身家光緩緩出現在臺階上面，然後，穩若泰山地就座。松平伊豆守照例地上前請安，替身家光也以例行的話說囘答。

竟然沒有一個人察覺出他是假的家光！

不！有人知道。至少伊豆守和柳生宗矩都知道！

——我也知道呀！

那替身的手上和脚上，都繫着一根線。伊豆和柳生面露獰笑，對他進行自如的操縱。

「——讓他離開這兒吧……。」

伊豆守和但馬面對面地互望了一下，彼此輕輕地互點了個頭。只要他們將線用力一拉，家光就如同機械一般地站起身，再操縱一下手中的線，家光就又瘋瘋癲癲地走出了正廳。

「唉呀！……」

家光不覺發出了驚叫聲。他覺得剛才進入正廳的那個家光，應該是個替身，可是，却又感到那個卽將離開正廳的家光，根本就是自己。

——對，是我！的的確確是我，我也形同傀儡一般……

出現在家光面前的伊豆守、柳生，以及春日局，一向均採取逞強的表情以及強硬的態度。於是，當時獲悉父親秀忠慘遭毒殺那一剎那的驚訝，再度鮮明地復甦於腦際裏。

——從那天開始，這三個人即將我綑手綁脚地進行操縱至今。

怒氣隨着悲痛的絕望感，大量雪湧上來。

「有了那個替身，我更是毫無存在的價値……。」

這句話原應是盛怒時的嘶吼，可是，當聲音發出時，却變成了令人憐憫的悲鳴聲。

「公子指的是什麼？」

伊豆守顯得極爲詫異，側過臉來。

「公子，您知道，人的本質全然不同，替身不過是個替身而已，有了公子您的存在，才會有替身的存在。」

「替身也罷，只要有你們這批人的存在，德川的社稷就必然得以安泰長存。」

家光似乎稍微平息了怒氣，這樣說道。

「唉呀！我們這位公子的口氣，眞像是大內的女人們，彼此在爭風吃醋一般………。」

春日局故作笑聲，試圖藉笑聲緩和不愉快的氣氛。

「對，即使是一個替身，也可以運營德川幕府。」

柳生宗矩以低沉的聲音說道。

「什麼！」

家光終於發出怒聲。

「請恕罪！」

柳生宗矩猛力撲向家光的身上，瞬時，將他推倒按住。同時，用手探入他的袴子裏，緊抓着他的睾丸。

「這個地方，和替身就是這個地方……。幕府的運營，衆臣們可以協力戮力而爲，但是，公子是天下無雙的，就在這個地方與替身不同。」

※　※　※

柳生宗矩獨自佇立長廊上。他的掌心中仍殘留着縮小了的家光睾丸的觸感。

秋風颼颼，帶來幾許寒意。樹上的枯葉紛紛飄落地面。

走廊的角落上，堆砌着一堆被風颳落的樹葉，綠色的葉子，夾雜在褐色的枯葉中。

柳生宗矩突然產生了那幾片綠葉彷彿是左門和茜的錯覺。掠過富士河河面的秋風，吹落了年輕貌美的茜。

今天早晨，十兵衞涕泗縱橫地趕來向他報告此一不幸消息。

「——身爲女子的茜，死得比一個男子還要轟轟烈烈。」

據說，茜被渡邊半藏飛射的短刀刺中背部，仍然奮不顧身地刺殺了騎在馬上的土井。

「——爹，這眞是一件令人悲痛的事情！」

宗矩連一天的休假也不肯給十兵衞，差遣他上京之後，自己才上城裏來。

——眞懦弱……。家光太懦弱了！

柳生宗矩用掌心在椅子上摩擦了一下。

七

文麿從清涼殿退下，陽光照射在小石子上，映射出異常刺眼的亮光。

——一片沉寂被劃破了！如同沉重又渾濁的古沼澤中的一灘臭水般的沉寂，被劃破了……

皇宮裏一片靜寂。那是背負着千古歷史重擔的莊嚴姿態。

如今，這份靜寂並非空虛、漠然的沉寂，而是宛如蓄滿着水的湖，却絲毫不發出一點激盪聲的寂靜。在萬籟俱寂的皇宮內，令人感覺到一股神秘的氣氛。

如今，此處不再是古沼澤地帶了。

——我說過……

文麿彷彿在欣賞美妙的音樂，隨即復甦了自己的聲音。

「——仔細想來，自從天下大權遭武士階級剝奪以來，雖然一直企盼着大楠公的再度出現，但是，無奈苦於無此良機，因而，始終處於長久的屈辱，以及每日隱忍的延續……。」

說到這裏，文麿不由自主地淌下淚來，同時，哽咽着聲音，無以自止。列席的九條關白道長、三條大納言實條、德大寺右大將，以及左右二大臣，也受到文麿的感染，紛紛用手去按住眼睛，試圖止住淚水外溢。

「臣下以為現在是王政復古的大好時機……。

德川歷時三十餘年的腐敗政治，令天下的民衆一致怨聲載道，諸侯對於德川幕府也早已感到厭倦了。

當此之際，德川家又由於私人的怨懟，而引起兄弟鬩牆之爭，這正是主動放棄天下民衆共同擁戴其地位的行爲，——不！應該說，非份奪取天下大權的罪犯，必然遭受天下一致的指責，以及遭受皇祖諸神的神罰才對。

如今，以薩摩、長州爲首的西方諸侯，皆認爲德川家不足以爲恃，正在四處尋找一個足能號令天下的人，並且，他們一致在暗地裏默許，只要發現了足以號令天下者，必定全民擁戴。因此，應該趁此機運，闡明我神國之所源由，明示皇統，在皇上的聖名之下，豎立起聖旗，如此，百官百姓必定爭先恐後，雲湧前來沐浴聖恩。

俯請皇上賜與臣下文麿以詔勅，俾便走訪西方諸國……。」

文麿感到一股迫人的氣息，甦醒了過來。

三條實條與文麿併排站着，他瞇着眼睛觀望庭院的週遭。

「今天的陽光……。」

實條的聲音低沉，却充滿深切的情感。

「但願聖上照射本國的光線，也如同……。」

文麿心想着，實條是否也有同感，而在彼此之間，產生出強烈的連帶感？

「自從獲准登殿至今十年，今天首次品味到光輝！」

「少將……。」

實條探入文麿的衣袖，抓住他的手。

「全靠你了，請戮力而爲……。」

「……！」

文麿在實條的手背上，疊上自己的另一隻手，並且晃了晃它，大大地點了個頭。在二個人之間，交流着爲天朝而不惜捨命盡忠的崇高靈魂。

不久，不，只是一瞬間而已，實條的臉上浮起了一絲以舌舔唇的笑意。當然，曾經互傳崇高靈魂的手已經放開了。

「少將，你將要暫別京都，那麼……。」

說着，實條又作了個彷彿樂於此道的貪婪笑容。

「今夜微服前往某個地方樂一樂吧！土井利勝給我的銀子，還剩下很多呢！」

他們二個人還不知道，土井早已在七、八天以前，就消失在富士河的水流中了。

翌晨，文麿帶着一個隨從，走出了他的家門，主從全身一副修行僧的裝束。京都仍沉睡在一片朝靄中。

桂河的河面，彌漫着水蒸氣。

文麿突然止住腳步，並且，制止隨從脫口而出：

「前面有河……。」

文麿將視線集中在另一邊的竹叢裏，並且，扶正拐杖，拐杖是一把大刀。

竹葉尖端上的晨霧形成了露珠，周遭一片寂靜，令人清晰地可聽見露珠滴落地面的聲音。

「出來……不必有所顧忌。」

文麿以爬行地面的低沉聲音，向着竹叢裏說道。

竹叢裏藏着什麼？有個足以令人寒慄的東西！重壓感一層一層地逼近，隨從怔住了。

「曾經爬伏在十字路上的看門狗……我聞到一股異味！當時的狗，似乎叫作柳生十兵衞……。」

文麿猛力將刀杖拔出刀鞘。

從竹叢裏面朦朧地出現了一個頭戴深編笠的武士。以竹林作爲擋眉，緩緩地移身向外。

「殺死了土井利勝，然後來此恭候……。」

「什麼！」

文麿屏住了氣息。

此時，深編笠武士突然跳上馬路，以全身撲向文麿。

文麿以閃電一般的速度，揮刀向前。

深編笠被劈成了二半。

文麿佇立着，發出會心的微笑，但是，瞬間，他的笑容凍僵住了。笠下無人！

一瞬驚訝，抬頭往上看時，只見深編笠的主人，全身化爲一把利刃，正向文麿擊擊而來，文麿迅卽擧刀向上，擋住來刀。

文麿的刀折斷爲二半，掉落地面。男子的鋼刀順勢削落文麿的半個臉部，等男子雙脚着地時，鋼刀已經深深地切進文麿的肩胛面裏。

男子在文麿倒下之後，輕輕閉上雙眼，爲其默禱冥福，然後，一溜煙地又消失在竹叢裏。

背後留下文麿的屍體，以及切成二半的深編笠，還有苟延殘喘，驚慌失措，爬行地面的隨從。

第六章　戰國之花

別木庄左衛門

四一

四季更迭，時序已是秋分時節了！山廟後面的銀杏樹林也在秋風的吹拂下，漸漸地剝離黃葉，秋陽也透過那稀疏葉，在地面上投下一片斑斑的光影。

「接受你那麼貴重的禮物，眞叫我惶恐不安。」天野刑部說着，向那年輕的武士深深地鞠躬。

年輕武士也輕輕地點頭爲禮。這個武士戴着白綢緞的面罩，穿着華麗的衣服，看起來頗有氣派。

天野向對方鞠躬之後，慢慢地抬起頭來，尖銳的眼睛投注在武士的臉上，似乎想起從那武士的身上尋找什麼。

這個年輕的武士已經來過兩次，這次他仍然跟以前一樣，不表明自已的姓名、身份，行動也頗爲神秘。天野猜想他可能是別木庄左衞門的部屬，但是，眞象如何，天野就不得而知了。儘管對方的來歷是團謎，但天野却了解他的來意——攏絡天野這幫浪人！由這一點來推測，別木庄左衞門和這武士可能不屬於江戶那一方。

「不知你是否有充裕的時間？」天野注視着對方的臉，以徵詢的語氣說。

「嗯，……有什麼事嗎？」

「如果你有時間，我倒有件事想請敎你。」

「請說無妨。」年輕武士那對隱藏在白色面罩後的雙眼隱隱地露出笑意。他的眼神是那麼從容而有風度，於是天野放棄試探的心情，改以直爽的口氣說：

「那我就開門見山說眞話了。請問你：駿府公何時啓程呢？」

「我不知道。」年輕武士乾脆俐落地回答。

「別裝蒜了吧！」天野笑着說。

「我的確是不知道，不過……。」武士欲言又止。

「不過什麼呢？……」天野提高聲調地問。

「唉！請天野兄先說吧！我實在有所不便。」對方幽幽地說，似乎別有苦衷的樣子。

天野望了望眼前這個年輕的武士，心中暗忖道：「這個年輕的小伏子，絕不是個簡單的人物。」

轉念及此，便接着說：「既然如此，那麼由我來說吧！我覺得駿府公這時候應該可以起兵了。」

天野看了他一眼，又接着說：「土井公已倒在富士河裏，烏丸卿也被柳生派的人給刺殺了，江戶那一方，正一步一步地進行他們的陰謀，土井公和烏丸卿的死，就像大阪城的護城河被塡滿了一樣……。」

面罩下的那雙眼睛又露出濃濃的笑意。

「如此說來，你是以大阪一役爲例，暗示駿府公命中註定要戰敗……？」年輕武士悠然地反問。

「啊！那是……。」

天野被他一問，不禁有點慌張，到底是老實人，不會裝模作樣。

「你的意思是：愈慢擧兵，對駿府公愈不利，是不是？」年輕武士不疾不徐地說着。

「對不起，原諒我說了那麼魯莽的話。」天野不安地說。

「按照這種情勢發展下去，江戶那一方將愈來愈有利，各位浪人要想藏身在山林，就更困難了。再說，等待時機，可也是一件難事喔！」

年輕武士不理會天野的致歉，仍然很從容地說下去，而且話中似乎另有弦外之音。

「你說的是……。」天野不安地問。

「不知江戶那一方在打什麼主意？」

「你是說？」天野仍然狐疑不解。

「土井公從事地下工作，和烏丸卿的所作所爲，都是駿府公一手策劃的，江戶那一方應該察覺出來了才對，憑這一點，便可以向駿府提出嚴厲的抗議，甚至訴諸武力，但是，他們却偷偷地謀殺土井公和烏丸卿，這種作爲實在不够光明磊落，而且也叫人無法了解，這種作爲是不是可算柳生作風……。」

「你是說柳生做事不氣派？」天野望着年輕武士。

白面罩裏的眼睛苦笑着。

「江戶那一方可能擔心兄弟動干戈，會被誤認爲內鬨，若以將軍名義宣戰，則演變成公開作戰，天下諸侯都不得不聽從將軍的命令而參戰，這麼一來，天下必然大亂。江戶那一方擔心內鬨，主要是怕天下諸侯羣起效尤，尤其仙臺公、毛利、山杉、薩摩等諸侯已蠢蠢欲動，一旦亂起，眞是不堪想像，況且德川家已沒有像家康公那種偉人來把持局面，德川家的存亡已成爲一大顧慮了……。」

年輕的武士神采奕奕地說着，眼裏流露出熱情的光芒。

「而且，據說駿府與仙臺之間，正暗地裏談論婚姻，進行得相當圓滿……這種情況下，江戶若沒有一個名正言順的藉口，是難以令人心服的，因此才不敢輕易擧兵，迫不得已，只好設法把忠長公的爪牙一個個消滅掉。」

「伊達家與忠長公的婚姻……果眞……我了解了。」

天野茅塞頓開似地點頭。

「再忍耐一些時候吧！……也許不久以後就有好戲看了。不知道到時候你可不可以助我們一臂之力？」

年輕的武士有條不紊地說着。

「我等的就是那個機會……。」

「到時候我給你十支步槍、十支長矛，如何？……」

「十支步槍！那眞是太謝謝你了！」天野在驚訝之餘，更是滿心的喜悅與感激。

「不過，這件事絕不可洩露出去，不論對什麼人……也不必向某人道謝，知道了嗎？」

帶着白面罩的武士很愼重地叮嚀。

「嗯，我知道，只要到大功告成時再向他道謝就可以了。」

天野說着，很愉快地笑着，心裏想着：這個武士口中所說的「某人」，可能是指別木庄左衞門，繼而又覺得眼前這個神秘的武士，可能與三條公鼻息相通，也許他也是諸侯的部屬。

這個年輕武士說話的口氣頗傾向駿府那一方，他似乎渴望戰爭，可是不知由仙臺開端，或由毛利挑釁，天野隱約察覺其中的奧妙，心中更覺得愉快。

就在這時候，別木庄左衞門正面容嚴肅地與忠長公見面。

派到江戶的勅使三條實條路過駿府，不但過門不入，反而加快速度，飛馳而逝，別木庄左衞門原本打算要和三條實條見面，如今已無法實現了。

「三條公與土井公不是頗有交情嗎？如今爲何不停下來見見面呢？」忠長公面露怒容地問。

「也許因爲情勢改變，使他們心生膽怯吧！京都那方面，經常都是人心惶惶的，尤其烏丸卿被殺以後，他們更是噤若寒蟬，甚至連氣都不敢喘一聲呢！」

別木庄左衞門吃吃地笑起來，但很快地恢復剛才的嚴肅，目光烱烱地看着忠長公說：

「公子，你打算怎麼辦呢？」

「什麼事？」忠長公不解地反問。

「我請公子下定決心……是決定起兵呢？還是不起兵？如今局勢已是一觸卽發了，必須作最後的抉擇！」

別木庄左衞門以堅定的口吻說。

「到現在你還說什麼……。」

「如果公子無意擧兵，那麼現在你最好單騎奔向江戶，向令兄投誠，如此一來，令兄也……」

「別木庄左衞門！你的意思是要我向毒殺父君的胞兄乞憐嗎？」忠長公有些不悅地說。

「爲了駿府的安泰，不得不如此做。」

「家光雖然是我的同胞兄弟，但也是殺父的仇敵，可說是不共戴天的世仇，別再談這件事，免得心煩。」

「是的，屬下知道。土井公死了以後，屬下就是拼了這條老命，也要轟轟烈烈地與江戶一決雌雄。」

別木庄左衞門前額叩到榻榻米上，很恭敬地說着。

二

三條實條來到江戶，對家光公傳達天皇的勅旨。

這道勅旨並非册封家光為將軍，只是顧慮天下局勢不穩，提醒家光注意，不要釀成天下大亂，如此而已。

「只為了這件芝麻小事，又何必派勅使專程趕來呢？」松平伊豆守笑着說：「其實只要來一封信也就够了。」

事實上，天皇如此愼重地特派勅使，當然有他的用意，他希望勅使能當面向家光公說明一些在勅旨中無法明說的事情。

「到底是京都那方面有辦法，他們的作風相當穩當，設想也很週到，有各種雙重的、三重的方針。」柳生宗矩微笑地說：「我想京都方面一定會指明要當面晤談的，我們要不要先下手爲強，先一步威脅勅使一番。」

接待勅使的王侯，立場相當困難，因爲那些被授命爲勅使的人，總是認爲時機難得，便趁機狐假虎威，作威作福的，一點也不體念王侯的苦心，好像王侯理所當然應該接待他們似的，這種態度令人討厭，但又不得不裝着殷勤的姿態來接待他。

心中早已對勅使不滿，柳生宗矩又有此提議，於是伊豆守便和宗矩到勅使公館找三條實條。

三條實條面露微笑迎接他們兩人。

此情此景，伊豆守不禁想起當年自己到京都找三條時，他却輕輕鬆鬆地避開，以致自己被趕了回來，如今面對着這張虛僞的笑臉，心中更加氣憤。

儘管舊恨未消，但是，寒暄歸寒暄，禮貌上仍然不能過於失禮。

打過招呼後，伊豆守便對宗矩說：

「三條公老遠來到江戶，趁這個機會，我們邀請他到隅田河畔一遊，你看如何？」

「說的也是……。」宗矩附和着。

「不，不……。」三條實條面露好色的笑容，不斷地推拒。

「既然如此，我們何不仿效已故的土井那般地招待他！」伊豆守又提議。

「不，不……」三條實條縮着脖子，搖搖手說：「這次到江戶來有好多話要與各位詳談，你們所說的隅田河畔之遊，留待下次沒有公差時再說吧！」

「哦？什麼話呢？」

「唉！這實在是很奇怪的事，我們要從公卿之中見不得人的事談起……」三條實條裝模作樣地說。

伊豆守暗地裏不懷好意地冷笑，心想着：「哼！我倒想看看你這個千面人能裝到什麼時候？」

「有一個叫烏丸文麿的公卿，他曾經參加二代將軍（秀忠）的葬禮。雖然他身居近衛少將的高官，却打扮成乞丐的模樣，在京都四處徘徊，最後終於死在道路上，而且死得很慘呢……！」

三條實條嘆嘆氣，搖搖手，又接着說下去：

「皇上非常生氣，便除去他的官職，還一度放逐他的家人。」

「喔！那實在是嚴厲的處分，上次下官囘朝廷時，曾經遇見他，他雖然年紀輕輕，但却是個有用之才呢！英年早逝，眞可惜！」伊豆守微笑地說。

三條實條裝模作樣地說：「嚴厲一點才能約束公卿，不過這個傢伙還挺可怕的，你猜他怎麼說？」

「……………？」

「他在宣揚德川家兄弟不和。」

「正是打倒德川家最好的機會，只要好好地糾合全國的諸侯……」伊豆守搶先插嘴。

「他沒有說得那麼嚴重，不過，也相差不遠，所以皇上非常生氣。」三條實條虛情假意地說。

「三條公，你也裝得差不多了吧？在烏丸出發前夕，你們還設宴爲他餞行，替他壯壯膽，難道你以爲我們的眼珠是玻璃做的不成？」

伊豆守的態度驟然轉變，聲色俱厲地說。

「其實也沒什麼大不了的事，我和烏丸同是公卿，偶爾聚聚餐，當然可能，至於你所說的設宴餞行，爲他壯膽的事，眞是無中生有啊！」三條實條極力否認。

「還有，土井潛入京都，到貴府訪問的時候，烏丸也在場，當時你們還共計大事，約定要替駿府出力，這件事你賴不掉吧？」伊豆守進一步逼問。

「啊！可怕！眞是太可怕了！我眞不懂此話從何說起呢！土井兄曾經到過寒舍，這是事實，不過，他只是到京都觀光，回途路過我家，順便進來聊聊罷了，並沒什麼特別的事情，我那有與他約定什麼？」

「相爺……」沉默的柳生宗矩開口說：「聽三條公的口氣，好像一切事情都是我們不對，才使皇上震怒，所以應該由家光公當面向皇上謝罪。」

「你說什麼……。」

伊豆守訝異地望了望宗矩。

「將軍家兩兄弟不和，這是很明顯的事，也是一切事情的根由，所以應該由家光公出面道歉……你說對不對啊？」柳生宗矩毫不放鬆地說。

「呵！不，不……難怪人人都說江戶有個柳生大爺，能言善道，妙語如珠，如今見面，果然名不虛傳，我回朝廷後，一定把你的話轉稟皇上，相信皇上一定會很高興的。」三條實條露出染黑的牙齒，格格地笑着。

這一席話算是告一段落，宗矩安慰着不服氣的伊豆守，離開勅使公館。

外面天氣晴朗，但風却呼呼地吹着，乾燥的馬路上，馬糞和沙塵隨風飛揚。

「哼！眞不簡單，到這種關鍵時期還不肯發佈册封將軍的宣告，眞是莫名其妙……。」伊豆守很生氣地說：「依你看該怎麼辦呢？」

「好吧！我們向公子建議，請公子明天親口告訴三條公說要親自上京請罪。」

柳生宗矩想了一想，下定決心似地說。

「也好，公子若親自上京，朝廷總不能毫無表示吧！想像從中作梗的三條公吃驚的模樣，倒是挺好玩的……」伊豆守笑着說：「我們的傀儡武士馬上就可以派上用場啦！」

三

忠長皺着眉頭，咬着嘴唇，在走廊上不停地踱着，心情亦與脚步一樣地沉重。

聽說家光要和勅使一起上京，使他陷於苦思。

親自上京，眞有一套，二代將軍的嫡長子親自上京，朝廷總不能見了面就讓他回去吧！再說對方也不肯空手回來的，看來宣佈大將軍的事，是免不了啦！

另一個嚴重的問題是：家光一定會路過駿府，如果家光經過駿府而平安無事地通過，無疑表示忠長已向家光屈服，若想消滅家光，這是最好的機會。

但是，忠長却不能這麼做，因爲家光與朝廷勅使同行，如不讓他通過，或有謀殺的擧動，就等於叛逆朝廷。

忠長左思右想，依然苦無對策，不得不佩服這個對立的仇敵——家光，這一招耍得漂亮。

家光要親自上京，這是何等大事，而忠長却遲遲才得到消息，顯然他的情報不太靈通，土井的死於非命和渡邊黨的潰滅，給駿府方面的打擊相當大。

在駿府城內的大廳上，總管鳥居土佐守、朝倉筑後守、久能美作守、別木庄左衞門等十多個領導階層聚集在一起，你一言、我一語地商討着，此起彼落的聲浪不時傳至大廳外。

忠長跨進大廳，四周的私議頓時停止，大家很快地端正自己的姿態。

忠長一坐上首位，便嚴肅地說：

「聽說家光要隨同勅使一起上京，而且早已由江戶出發，這消息你們該知道吧？」

「………」

大家默不作聲，只是恭敬地伏拜，以爲回答。

「你們有什麼意見，就儘管說吧！」

忠長公此話一出，衆人之間又是一陣騷動與私語。

這時，鳥居土佐上前一步，說：

「我們何不請小田原的大久保大爺出馬去說服家光公，讓他打消上京的念頭？」

「來不及了，家光都已經出發啦！」

忠長公這句話馬上就否決了鳥居土佐的獻策。

「如此說來，我們只好默認家光公路過此地了。」

「這樣做，豈不等於我們向他屈服？」

朝倉筑後很快地反對久能美作的意見。

「因爲家光公與勅使同行，這次我們姑且放過他，這一點世人一定會想像得到的，等到回途，不論他走中仙道或東海道，我們都不惜一戰，務必要讓主公當上將軍。」

「久能美作說得好！」忠長公誇獎了一句，又看看四下，說：「除此之外，還有意見嗎？」

久能美作守的建議已被忠長公誇獎，其他的人還能再說什麼，於是都保持緘默。

「雖然美作說得不錯，不過，他也忘了一件事……回途時，家光可能已被天皇冊封爲大將軍，到時候對他發動攻擊，也是叛逆朝廷，另外，若他取道中仙道而返，我們可能會孤立無援。」

四下鴉雀無聲，大家面面相對而無語，於是忠長公又接着說：

「就算家光沒有馬上被册封爲將軍，只要已上京謁見天皇，身價就大不相同了，比起我這沒謁見天皇的，地位上就比較優越，這就像見過將軍與沒見過將軍也有差別一樣。」

「公子，」朝倉聽過忠長公的剖析後，說：「我們除了斷然阻止家光公上京之外，別無他途，雖然他與勅使同行，我們也大可不必把他放在眼裏，自古以來，朝廷都是站在強者一方的，只要打勝仗，還怕他什麼呢？」

「你說得不錯，不過，我們有獲勝的把握嗎？六、七成的勝算嗎？卽使僥倖打勝仗，也可能步上本能寺明智光克的後塵。」忠長公很愼重地說。

「公子，那麼我們有好的方法嗎？」

「本座也要上京……。」

頓時，大家都流露不解的神情，面面相睹而無言。

「屬下別木庄左衞門非常贊成這種做法。」

「幸而駿河比江戶更鄰近京都，我可說是佔了天時、地利之便，我一定要比家光先到京都謁見皇上，同時我要函請天下諸侯，然後在皇上御前堂堂正正地與家光對決。」忠長公很肯定地說。

廳中又是一片低語。

「公子深謀遠慮，屬下佩服之至……。」

「公子眞不愧是東照權現的再世！」

部屬們紛紛贊揚，只有烏居土佐說：

「可是……上京需要費很多時間來準備，怎麼辦呢？」

「我要單騎奔馳上京。」忠長公說。

「爲了在京都能有一番作爲，至少須兩、三千士兵……。」

「總管，養兵千日，用在一時，我早料到可能有急需用兵的時候，所以已準備了一千士兵，只要一聲令下，馬上可以出發，其餘的人就照公子所說，準備妥當的人各自單騎飛奔上京，再與先頭部隊配合。」

「別木，你眞有一手，我們今天半夜就出發！」

忠長公高興地朗聲高叫。

那天夜裏，駿府城裏燃起旺盛的營火，大守閣在熊熊的火光中，顯得非常突出。

人稱「髭勘」的山崎勘兵衞，帶着一個神女正在淺間神社後面的小木屋裏消魂繾綣，飽享暖玉溫香。

那個女人別過臉孔，避開髭勘的鬍子，同時一隻手輕捂着鼻孔，輕輕地發出「嗯……好好……嗯……」的聲音。

髭勘也不斷發出濃濁的鼻息，同時身體上下不停地蠢動着。

全個慾火焚身的人，發出斷斷續續的淫蕩聲，充斥着整個小木屋，在音波的間隙裏，可以聽到遠處傳來的騷亂聲。

「啊？唆……，……」

那女人發出一聲尖叫，做作地扭動身軀，停止動作，但是，髭勘仍然鍥而不捨粗魯地繼續他的動作。小屋的光線略爲幽暗。

「好了沒嘛！」女的嗲聲嗲氣地說。

「還沒。」髭勘貪婪地說。

「嘖！嘖！你這個草包！」

那女人一味地掙扎，想要推開髭勘，但是，力不從心，就小聲叫罵起來：

「你以爲付了這文錢，就是大爺啦？……」

「不要吵！妳這個蕩婦！」

髭勘粗聲粗氣地說着，便緊緊擁抱着那女人的胴體，停止了動作。

「喂！鬍子！不來啦！你會弄傷我的，哪！我都快被你壓扁了！」

那女人在髭勘的懷裏不停地掙扎，時而拉他的鬍子，時而捶他的肩膀。這時，髭勘突然像猛獸遭到毆打似的全身僵硬，而且發出「嗚……嗚……」的呻吟聲。

他痙攣了幾秒鐘，便鬆懈下來了。

「快！快一點！」那女人輕輕地推推他。

「噓……」髭勘慢慢地離開那女人，坐正了身子。

「眞差勁！……糟老頭和醉鬼最討厭。」

那女人嬌嗔地埋怨着，髭勘充耳不聞地問道：

「剛才外面好像有喧鬧聲，不知發生什麼事？」

「喔！城裏的武士們要到京都去。」

「到京都？爲什麼呢？」髭勘眞是丈二金剛，摸不着頭腦了。

「咦！我怎麼知道？你快回去吧！聽說上頭已下令，要大家溫存一番，免得到京都以後拈花惹草，這眞是大好時機，我可以趁機撈一筆……。」

那女的提高聲調說。

「怎麼一回事？家光公要到這附近來，他却要到京都去？」鬆勘說着，便十萬火急地穿上衣服，跳出屋外。

四

「時機來臨了！」帶白面罩的武士說。

「……」

在熊熊的營火照耀下，天野刑部目光烱烱地看着白面罩武士，一味地點頭。

「丞府城預定留下一萬數千名士兵守衛，其餘三千士兵要上京，現在已有一千多名士兵出發，另一千多名士兵準備妥當以後，才單槍匹馬趕到京都去……江戶方面約有五千人上京，現在前鋒部隊可能到達小口原了，這是目前我所知道的情況。」

「……」天野刑部凝神諦聽。

「由於忠長公突然決定上京，所以家光公非常吃驚……爲了不讓忠長公先抵達京都，便悄悄地離開本隊，搶先路，貼身近衞可能只有五十人左右……都是裝備輕便的士兵，依照情報人員的報告，明天黃昏時分，他們便會抵達與津或江尻。」

帶白面罩的武士很嚴肅地說明。

「……」

「我想我這樣做對於身經百戰的天野也許有些冒犯，不過，我認爲你的想法可能與我一樣，所以我就自作主張了。我們把攻擊的目標定在與津河，你看如何呢？」

「與津河？……嗯，閣下的眼光果然很銳利，不論他們取道山徑或海濱，一定會經過與津河畔……那些跋涉過險阻的山路或排開波浪阻碍而來的人們，到達與津河畔時，可能會認爲已渡過難關，而放鬆戒備，渡河之前，可能也會躊躇不前，嗯，這地方是很好的襲擊地點。」

天野刑部一面說着，一面頻頻點點頭。

「能得到你的同意，我眞是太高興了，謝謝你。現在我們閒話少說，以免誤了大事，而且江戶方面已派出許多地下工作人員，務必請你多加注意……。」

帶着白面罩的武士說着，回頭看看身後，那裏有七個蒙面的武士圍護在草蓆四周蹲着。

「那裏有步槍十支，二百五十發子彈，長矛十支……請你查收，也祝你好運。如果能砍下家光的首級，就算是這一仗的頭功，那次你的大名就會流芳萬世，受萬人景仰了。」

帶白面罩的武士說着，站了起來。

「啊！請等一下！至少你也該報個姓名……。」

天野先是一楞，馬上叫住他。

「我會開着城門等你進來……。」

「……」

天野覺得有些莫名其妙，不禁緊攏眉峯，流露出不服氣、不信任的表情。

「生方又四郎！」

帶白面罩的武士終於拋下一句，然後高聲朗笑，身影漸漸遠去。

天野目送他消失在黃暗中，然後將一批浪人聚集起來。

有三十多個浪人圍成一團，在營火的照耀下，浪人們的臉就如同野獸般地猙獰，雙眼中還反映出一簇簇的火焰。

天野站在場中央，浪人們的視線全都集中在他一個人的身上，天野那半禿的前額和臉孔映著火光，看起來一片油滑。

「各位武士！我們等待已久的時機終於來了，駿河忠長已經下令，這是長矛，那是步槍……」

「喝……喝……。」

四周立刻響起一片歡呼聲，猶如野獸的怒吼聲一般。

「請肅靜……明天天亮以前由此地出發，到興津東部的興津河畔，我們就在興津河畔等家光公，取他的首級。」

「喝……喝……」又是一陣怒吼般的回響。

「從現在起，一直到短兵相接爲止，一切歸我指揮，若有人違背，一律格殺勿論！」

天野很鄭重地宣布。

「知道了，我們走吧！」

「亮出步槍讓我們瞧瞧吧！」

浪人迫不及待地說。

「等一下，還有一件事請大家注意：短兵相接後，各位盡可能欲爲地廝殺一番。」天野補充說明。

「爲什麼？那又是爲什麼呢？」

「如果是普通作戰，一切要遵從將領指揮，不容許任何人貪戰爭功，但是，我們是一羣浪人，這一仗將可決定我們的將來，取到家光首級的人便是勝者，能夠活下去的人，也是勝者，我們不需要什麼軍紀，砍殺搶刼悉聽尊便。我們就儘量發揮本領，努力一拼吧！希望大家都能獲得駿府公的賞賜。」天野說。

「喝……」又是一陣響雷。

「那麼，現在就開始分配……」

沒等天野說完，髭勘便站了起來，說：

「等一下，……各位有緣相處了好幾天……。」

「你那身臭氣和鼾聲，叫人不敢領教，有什麼好相處的？」

話聲甫落，又是一陣哄然大笑。

「等一下，別插嘴，聽我說！誰得到家光的首級，我們就擁他當首領，在他的指揮下，我們要發憤圖強，雄覇一方，立下功名，而被擁爲首領的人，不可忘記過去相處之情，要與我們同甘苦，力求發展。」

「嗯，很有趣，我們同意。」浪人們答。

「能得到各位的同意，我眞是太高興了。」

「這有什麼值得高興的呢？」

「我要取得家光公的首級！」

「少夢想吧！」

五

風呼呼地吹着，天空中的雲朵順着風勢，一團團地由海的那一邊移過來，慢慢地飄向東北方，陽光照耀在海波上形感複離的斑點，遠處的海面上銀光點點，愈近岸邊，光線愈弱，滔滔白浪，不斷地湧上灘頭。

興津河中也是白浪滔天，水花一片。

除了渡口附近一小片地方，都是一片白茫茫的蘆葦，在呼呼的風聲裏，蘆葦也禁不住傾倒。

在河的右岸，亦即河的西岸，有一大片蘆葦在風中搖曳，蘆葦叢中有五枝槍口露出鈍光，後面有十五個浪人伏臥著，每一個人的眼裏都佈滿了血絲，抓着蘆葦的手也不停地顫抖，緊握着長矛的手，也顯得沒有血色。

離右岸不遠的東岸，也是一片蘆葦叢，那兒有五支槍並列着，槍陣後面有十六個浪人在等待着。

天野這一幫浪人共有三十一人，他們分成兩隊，一隊攻擊江戶行列的前方，一隊由河後方攻擊，兩隊都虎視耽耽地等待着，不停地遙望大樹下的馬路，那個地點是家光公一行人最先露臉的地方。

家光公一行已在下山路的中途，四野呼嘯的風聲造成駭人的氣氛。

行列前方有十五個護衞，個個都是一身輕裝的武士，其後是轎子，轎子上刻有三葉葵的美麗家紋，轎子兩旁有三個武士隨侍，這兩個武士帶着的笠子，繡有雙層笠的家紋，雙層笠是柳生的家紋，那兩個武士必是柳生家的傳人。轎子後面有十幾個武士，然後是二頂四方形的轎子，由穿白衣的轎丁抬着，四周有朝廷侍衞守護着，接着有五、六個抬行李的雜役，二十個左右的護衞，一行大約有五十個人。

雖然走在森林裏，風勢沒有剛才那麼強勁，不過，重心較高的四方轎仍然在空中搖蕩不停。前面的四方轎坐着三條實條，後面的四方轎坐的德大寺右大將。

由於在強風中行路艱難，而此行又較倉促，所以大家不斷地抱怨趕路之苦；只有坐在最前頭轎子裏的家光，臉色蒼白，不停地顫抖着。

一行人隨着山徑向下走，迎面吹來的風勢越來越強。

走到最前頭的護衞，已經可以看到興津的河了！

躲在蘆葦裏的天野刑部也看到行列前頭的護衞兵，於是緊張了起來，好像全身都發痛似的，這種戰鬪前的緊張感，帶給天野刑部興奮的感覺。

「等一下，等一下……要等到時機成熟，距離最近時……。」

天野以安慰的口吻對那些像急欲脫韁的馬匹似的槍手說。

對方越來愈近，人影也逐漸變大起來。這時風聲、浪聲似乎都停止了！刀鋒舔血的緊張時刻馬上就到了。

髭勘在上游的一隊裏，他手拿着步槍，很專注地瞄準着。他很興奮地看了看在瞄心上跳動不定的獵物，他瞄了瞄前頭的護衞，然後又瞄準下一個，接着是轎子，這時他突然發出一聲悶聲。

那是一頂全部塗黑的特好轎子，這一定是最好的獵物，於是他把槍口定定地瞄準轎子。

但是，這個大標的却因風吹而搖蕩不已。

「時機還未到嗎？」

髭勘心裏這樣懷疑着。要等天野那一隊開槍爲信號，難道現在還不是開火的時刻嗎？他覺得莫名其妙的。此刻，他忽然想起駿府那個神女催他快點的事情。

髭勘覺得拿起步槍，等待射擊信號時的緊張，就像看上一個女孩，心中所產生的那股期待感一樣。

柳生宗矩也是黑轎子旁的護衞之一，他轉頭看看後面，直到行列中最後一個人離開山中，才收回視線，看着正面隔河的草叢，心裏想着：「快了！快了！」，然後看了轎子另一邊的武士淵雁佐源太一眼，佐源太也很快地回看他，微微一笑地點點頭。

宗矩打開轎子的幔簷，問了一聲：

「準備好了沒有？把上衣脫掉，等轎子放下時再出來，知道嗎？」

轎子裏的家光張大了眼睛，驚懼地點點頭，隨卽顫抖了一下。——其實他只是家光的替身而已。

行着，行着，眼前就是一條河了。

天野刑部站起身，大喊一聲：

「開火！」

話聲甫落，震耳欲聾的轟隆立卽充斥在整個天地間，接着喊殺聲四起，很多浪人都由蘆葦中衝出來，顧不得眼前的河水，濺起一片水花，像餓虎撲羊似地殺過來，轉眼間，二、三個護衞應聲倒地。

「我做了我終於成功了！」

天野在心裏興奮地吶喊着，便拿着長矛，精神抖擻地站了起來。

忽然，轎子的四周燃起黑煙，天野不知道那是什麼，但已無暇多作思慮，便排開水流跑到對岸去。

在槍聲響起的同時，轎子也凌空拋了起來，隨卽家光在地上打了個滾，然後由兩個武士扶持着，在那團黑煙的掩護下，迅速地逃向原來的方向，柳生宗矩也緊隨其後。

黑煙消失之後，那頂黑轎子仍然停留在那兒。

三條實條和德大寺右大將，也在驟起而起的槍聲中由轎子上被拋了下來，這種突如其來的變故，使他們倆人嚇得魂不附體，不斷地哆嗦。抬轎的轎夫，也被眼前的巨變嚇呆了，傻楞了好一會兒，才一蹦一蹦地逃開。因爲身穿白衣，所以看過去仍然很顯眼。

三條實條察覺周遭環境的危險，心裏極想儘快逃走，但是，身體却不聽使喚，老是站不起來，只好頹然地坐下來。

轉瞬間，四周又響起一片叫喊聲，三條實條眼見那一批可怕的猛獸揮刀耍槍，搖旗吶喊着衝過來，驚恐得說不出話來，只好以敕使官服的寬袖掩着腦袋瓜子，哆嗦着蹲下來，這副藏頭露尾的模樣，實在叫人啼笑皆非，不過，這種畏縮的姿態，也許比較安全吧？

那批浪人的目標並不在此，所以對這兩頂四方轎子和那些公卿們，甚至懶得多瞄一眼。

浪人們的唯一目標是那頂黑轎子裏的家光，而今家光坐着轎子逃走了，他們便窮追不捨，有時砍殺護衞，有時則避開他們，一味地追擊那頂黑轎子。

髭勘最先接近那頂黑轎子，轎夫早已拋轎棄子各自逃生去了，甚至守護轎子的武士也逃之夭夭。

髭勘心裏覺得納悶：身爲武士的人，怎麼可以爲了一己的生命而拋棄主君呢？儘管懷疑，但已無暇多想了，因爲天野刑部已快到身邊，而他身後也有一批浪人湧上來，髭勘不禁慌張起來。

「山崎勘兵衞，打頭陣！」

髭勘一聲高叫，便把長矛揷進轎子裏。

轎子裏中地反應也沒有，髭勘立刻覺得不對勁。

「勘兵衞，是你打頭陣嗎？眞遺憾！」

天野搖搖頭說，接着又問了一句：

「怎麼啦？……」

勘兵衞用長矛的尖端挑起轎子的簾子。

「啊！」

髭勘，天野和同時到達的幾個浪人都發出驚叫聲。

轎子裏面空空如也，只有一套脫下來的華麗外衣留在那兒。

「我們中了圈套！」

天野高聲叫了起來！

就在這時，身後響起一陣轟隆的聲音，天野只覺得背部和脚部像火燒般地痛楚，便身不由己地倒下。

「上當了！」

在他四周的伙伴也一個個倒下去。

當槍聲再度響起時，髭勘龐大的身軀就倒在天野身上，天野想推開他的身子，但却手脚無力。一股暖暖的液體緩緩地淌下來，天野也分不淸這是髭勘的血？還是自己的血？他只好無力地闔上眼皮，靜靜地躺着。

「三條實條還活着……。」耳邊傳來這句話。顯然那是故意壓低嗓子發出聲音，儘管如此，但是天野仍然覺得那聲音很熟悉，只是不記得在那兒聽過。

天野聽到三條實條的名字時，先是吃了一驚，稍後才想起凝才看到的那兩頂四方轎子。

「佐源太……開火……。」

接着響起兩聲槍響。

「佐源太……他不是在大阪嗎？」

當天野想到這裏的時候，脚步聲由遠漸近，髭勘的身子從天野身上倒下來。

「死了！」一個陌生的聲音說。

接着天野也被踢了一下。

「這個也一樣。」

六

夕陽西沈，夜幕逐漸籠罩大地。駿府城裏飛出兩騎健馬，御者熟稔地把馬頭向西一轉，很快地消失在黑暗裏。

在天龍河畔紮營露宿的忠長，被別木搖醒，睜眼一看，四周仍是一片漆黑，天還沒亮呢！

別木臉色蒼白，神情嚴肅地說：

「昨天晚上家光公被人襲擊，同行的敕使三條實條也死於非命！」

「啊？」

一聽此話，忠長睡意全消，驚愕難抑。

「你再說一次！」忠長瞪大眼睛說。

「是。」

別木又重述一番，忠長聽過之後，低吟不語。

「到底是誰襲殺他呢？好一個家光，眞是天大的陰謀家。」

忠長恨恨地說着，差點兒咬破自己的嘴唇。

「詳細情形如何，現在還不明白……不過，事到如今，萬事已休！在駿府轄區內，尤其在離駿府城僅僅四里之處發生這種事情，公子上京也無用了！還是請公子立刻回城吧！」別木很冷靜地說。

忠長垂放在膝蓋上的拳頭不停地顫抖，他沈吟了好一會兒，才無力地點點頭。

信步走到營帳外面，眼前所見的是一片露宿的帳蓬，遠近營火，隱隱可見。

單槍匹馬由駿府城趕來會合的將士，早已超過兩千人，眼見如此陣容，忠長更覺悵然。

別木站在天龍河畔，望着悠悠的流水，聽着淙淙的水聲，心裏不禁想到：

「原來以爲今天就要渡過此河了，沒想到……，唉！如今看來，這是阻止我們雄心的一條河了。

由此事件看來，江戶那一方的戰略已非常明顯，他們一定會借題發揮，大大地責備忠長公領導無方，以致在他的轄區內發生殺害敕使，襲殺家光公的事件，然後以此爲藉口，舉兵討伐忠長公。

這眞是殺人不見血的大陰謀！

不知駿府能再維持幾天……一個月？不十天……？」

忽然，耳邊響起微細嘶啞而甜蜜的耶語。

雪之丞彷彿站在自己的面前，莞爾一笑。

別木怔怔地站立着，直覺得雪之丞暖暖的鼻息，似乎就噴在自己臉上，而且耳朵還有熱熱癢癢的牙齒接觸感。

「阿雪……」

別木在心裏再三呼叫着這令人懷念的名字。

「阿雪，再過不久，我就會見到你了，我一定會爲你向仇敵家光報一箭之仇的，阿雪……。」

想着，想着，幻境中的雪之丞忽然消失在河岸的白狄草叢裏。

終於別木發出號令，啓程囘城。

※　※　※

「忠長反了嗎？」

家光站在小田原城的天守閣，望著眼前的相模灣，笑著問。

「伊豆、柳生，發函給各諸侯吧！你們倒說說看，誰最適合打前鋒？」家光又回頭問。

松平伊豆守也轉頭看看柳生宗矩，說：

「讓安藤右京兒當前鋒，不知公子意下如何？」

「高崎的安藤嗎？」家光問。

「是的。公子是不是另有適當的人選？」

「我想派仙臺的伊達，你們以為如何？那個想把女兒嫁給忠長的傢伙。」

「這件事……如今，我們有使諸侯心服、口服的藉口，不過，實際上却是兄弟間的內鬨，也可以說是德川家的家醜……。」伊豆守說。

「宗矩，你呢？」

「派伊達打前鋒的確是妙計，我們若在城門上高掛伊達的旗幟，駿府方面一定會覺得氣餒，但是，這件事終歸是德川家的內鬨……。」

「安藤也有毛病嗎？」家光問。

「………。」宗矩曖昧地笑了一下。

安藤右京之名早已列入柳生宗矩的黑名單裏，只要讓他打前鋒，相信他一定會拼命爭功的。

「好吧！那就派安藤打前鋒吧！希望很快便能將駿府夷爲平地。」家光終於作了決定。

「另一件事也須同時進行，麻煩公子請令堂到駿府走一趟。」

「什麼？家母？」

「請令堂到駿府去說服忠長公。」

家光的臉上馬上露出不快的神色。

「你的意思是，不要擊敗忠長？」

「最好儘量避免。」

「但是，現在不打敗他，將來豈不後悔莫及？」

「那是另一回事，只要現在能制服他，使他無法自由發展，以後如何處置，就任由公子決定了。」

家光心裏有些不快，勉強點了點頭，便把臉別到一邊去。

「我像是傀儡般地被這兩個人操縱著，簡直與替身武士無異，唉！我不能恥笑那個替身武士，我的際遇何嘗不是……？不知眞假之間的差別何在？」

家光很悲哀地想著。

思慮及此，家光忍不住問道：

「那個替身武士呢？」

柳生宗矩一聽此話，忍不出笑出聲來。

「那個替身武士每次看到我，就嚇得拉尿，那次的任務大概使他嚇破了膽，所以一見到我，總以爲我又要派新的任務給他，怕得不得了，就不由自主地拉尿。」

柳生宗矩笑了一陣，才又接著說：

「後來我派人給他裝個袋子，以免尿濕褲子，剛開始的時候，情況稍有改進，後來每當下女爲他裝上袋子時，他會自言自語地說：『啊！柳生宗矩又來了！』，便又尿了一褲子。唉！看來他是無藥可救了。」

「他的外形眞的很像公子……人的出生實在很奇妙。」

「一個人的出生固然重要，不過，也要講求修身，而且還需要經得起磨練才行。」

伊豆守故意發出無限感慨，宗矩也裝模作樣地附和著，這兩人眞是天生的好搭擋。

家光暗暗罵了聲：「好傢伙！」

不過，家光對伊豆守，柳生宗矩毫無惡意。

七

回到駿府城的忠長，很快地整頓軍隊，同時公開宣佈：行刺事件是家光的陰謀，其目的即在陷害自己，同時揭露秀忠被毒殺的內幕，請求諸侯的援助。

忠長想拉攏的有力諸侯是北方的伊達、上杉，和西方的毛利、島津。

話說江戶這方面，家光也對十萬名兵士發下動員令，並派安藤右京打前鋒，與忠長的二萬二千名將士對抗。

安藤及其同夥的諸侯，如脇板、大須賀、田中等，在駿府東方的清水山會合以後，便立刻派遣使者勸忠長公投降。

忠長公氣憤填膺，那肯答應？

於是，染有安藤家家紋的帳蓬，在清水山附近展開來，安藤的旗幟也在風中搖擺。

「安藤這傢伙……。」

忠長公咬牙切齒地說著。此刻他正拿著望遠鏡遠眺安藤的陣營，安藤的那張老臉似乎就在眼前，他氣憤難抑，差些踩破天守閣的地板。

安藤本是土井公推薦來爲忠長公效力的得力助手，沒想到他却依附在家光公那一方，而且還是打前鋒……還有那些與安藤同一夥的諸侯，原本已和土井約好，只要時機一到，便不惜一切爲駿府出力的……。

忠長公一想到這裏，就更加氣憤，同時，對家光產生强烈的敵意，家光的作風含有十足的諷刺性，好像帶著勝利的微笑說：

「忠長，你所要拉攏的人，如今都跑到我陣營來了，而且還爲我打前鋒呢！」

別木了解忠長這種心情，便笑著對他說：

「公子，請不要氣餒，那些爲家光公效力的諸侯，原也有心投靠公子，只是迫於情勢，才聽命於家光的，如今兩方對峙，只要時日一久，諸侯們的行動無法協調時，這些朝三暮四的諸侯一定會動搖，想想看，那時候的家光，處境不是很狼狽嗎？」

「嗯，對！凡事都應該由各種不同的角度來觀察，那麼，看法自然不同了。」

忠長公終於笑了出來。

安藤紮營於淸水山以後，忠長公聽到傳言，說已看得見家光公的大旗，於是便與別木再度登上天守閣，憑欄遠眺，但是根本看不見家光公的旗幟。

當兩人正欲步下天守閣時，使者跪地報告：

「崇源院、尾張公已來到大門口。」

「侍衞派人來請示如何處理？」別木說。

「你說『請示』，是嗎？混蛋！」

忠長公大聲叫出來。他驚訝母親的來訪，又不滿部屬不知輕重，這種事也要來請示，所以生氣大叫。

「公子，請等一等！」別木說。

「趕快迎接！」忠長一邊高叫著，一面走下天守閣，同時回頭看看別木。

「使者，等一下！公子！不可讓他們兩位進城！」

「爲什麼？」

「這是家光公的陰謀，這兩人一定是來談和的使者。」別木提醒忠長。

「胡說！尾張的叔叔最疼愛本座，而且母親飽受家光的虐待，我老早就有意接她到駿府長住的。」

「那不行！」別木斬釘截鐵地說。

「身爲人子的我，怎能讓母親一直站在城外呢？」

「公子！」別木以噴火般的眼神注視著忠長。

「什——什麼……」忠長身不由己地說。

站在一旁的帶刀小童和前來報信的使者，看得目瞪口呆。

「你——你……。」忠長停了好一會兒，才口吃地說。

別木流露出悲哀的眼神，垂下頭，說：

「不……對不起，我錯了！使者，傳話下去，趕快迎接！」

忠長很快地跑下石階。

「輸了！我認輸了！我輸給了自己！」

別木頹然坐在石階上，悲痛地想著。

「如果柳生宗矩面臨這種情況，不知他如何處理？……土井利勝……我無法達成你的期望了……」

別木庄左衞門不停地想著。

忽然雪之丞微笑的臉龐浮現在空中。

「阿雪……」

別木叫了一聲，忽然想到也許今天晚上，一切都完了。

忠長傳言要別木到大廳去，別木只好遵旨前去。

忠長、鳥居、朝倉、久能都已聚集在大廳上，尾張的義直和崇源院也在場。

義直擺出一副苦悶相，一見到別木，便指著別木的臉，破口大罵：

「都是你，闖了這麼大的禍。」

「是。」別木謹愼地回答。

「你們一個個聯合起來，想謀殺我的侄子忠長嗎？」

這句話在義直心裏不知已說過多少遍，如今終於說出口了！

「這是二分天下的大戰呀！」

「什——什麼！」

義直激動地站了起來，但是，接觸到別木尖銳的視線，猶豫了一下，終於再度坐下去。

「鳥居，拿給他自己看看！」

義直不耐煩地揮揮手說。

於是鳥居就交給別木五、六張書信。

「看吧！看吧！知道了嗎？」

那些書信是忠長寄給伊達、毛利的信，信中答應他們事成以後，必使他們成爲年俸一百萬石的諸侯。

義直帶來這些信，表示伊達·毛利將此信寄給家光，也就是說伊達·毛利無意投靠忠長這一方。

「公子……。」

「我兒忠長！我兒忠長！你不能打他！我這作母親的不允許你打他！」

當別木正想向忠長進言時，崇源院忽然高叫起來，憤怒地注視著別木，並以自己的身子護著忠長。

「公子！」

「沒辦法，伊達和毛利……。」

「公子，你不會……。」別木驚愕地說。

「除了開城投降之外，還有什麼辦法……。」

「公子，你應該和家光公決一雌雄，這一戰不是輸贏的問題，是在爭人道啊！」

「不要再說了！」

忠長突然發出悲鳴般的高叫聲。

「如果只是我一個人的問題，我當然不惜拼死一戰，但是，本座身後有兩萬家臣，還有他們的家人……我那忍心拋棄不管，叫他們走上絕路呢？」

「那麼，公子乾脆就死在此地吧！請自絕！臣下別木庄左衞門先走一步了！」

「這是什麼話！」

崇源院一聽別木的話，立卽高叫了一聲，緊抓著忠長不放。

「公子，你若出了駿府城，也只有一死，別無他途了，何不現在在這裏……。」

別木仍然不死心地鼓動忠長。

「瘋啦……來人呀！把這人押下去！」

崇源院發瘋般地高叫著。

「眞是荒唐到了極點。前不久，我兒家光還很溫柔地對我說，他只有忠長這個弟弟，非常懷念他呢！」

崇源院似乎在解釋什麼似的。

「公子！」別木又叫了一聲。

「別木你說的是什麼話？退下去！居然說我是受家光之託來作說客的……。」

義直憤怒地罵了一聲，忠長在一旁默不作聲。

「是。」別木無力地垂下頭。

「不過，尾張公……將來你可別後悔！」

別木退下去之前，留下這句話。

※　　　※　　　※

天黑時，駿府城的城門打開了！

眼前安藤陣營的營火非常光亮，似乎在炫耀著他們旺盛的士氣。

有匹單騎從城裏出來，那是別木！

他一手執著長矛，一手策馬，緩緩地走過城牆的護橋。

也許安藤的陣營也已看到別木，所以喧嘩聲突然停止，四周變成一片死寂。

走過橋後，別木轉身面對著城門。

「忠長公，請聽著……。」

他的喊叫聲劃破夜空的寂靜，昂揚的聲浪在黑夜的曠野間迴蕩，久久不歇。

「我是別木庄左衞門，從現在起，我們只能算是無緣，君臣關係到此一刀兩斷！」

接著，別木又轉了馬頭，繼續喊叫著。

「城外的圍軍請聽著，你們知道我與忠長公的主從關係已經結束，如今的別木庄左衞門，要以私人的身分繼續奮戰，我一定要打敗你們，取得家光公的首級。你們那一位有勇氣，就出來和我比劃比劃吧！誰輸，誰贏，那是前世註定的。」

別木說完，拿起長矛，踢了一下馬腹。

那匹馬躍了一下，便向安藤的陣營飛馳而去。

「家光公，我來了！」

別木呼嘯而去，奔馳中，別木只覺得滿耳儘是呼呼的風聲，他腦海裏浮現出伏見城的火焰，像洪水一般越過濃尾平原，來勢洶洶的大軍圍，也在腦中盤旋不去，同時，母親的音容笑貌也掠過腦際。

馬不斷地奔跑，雪之丞的笑容一直浮現在他的上前方，好像在他招手似的。

這時，槍聲在別木身旁響起。

「家光公，你有膽就出來拼個你死我活！」

前面又現出一片火光。

四周的世界一片純白，好像在雪上奔馳一樣。

第三次發出火光，響起槍聲時，別木第一次覺得全身受到極大的衝擊。

「喔……」

別木高高舉起手中的長矛。

馬兒也發出長長的嘶聲。

別木和疾馳的馬匹合爲一體，高高地被彈起，然後倒了下去。

第七章　冊封將軍

柳生宗矩
家光
柳生十兵衛

一

中仰道吹拂的是，毫不帶濕氣的風，四周一片枯燥，沒有一絲涼氣，樹葉、沙塵也漫天飛舞，逼得旅人透不過氣來。

一隊由武裝護衞嚴密戒備的行列，正在中仙道上逆風而行，森嚴的行伍籠罩一股寂寞的氣氛。

轎子非常簡陋，只是以繩子草草吊起。

路上擦身而過的旅人都紛紛閃避到一旁，街道上的男男女女，也都喁喁私語，他們以恐懼的眼神，目送這隊行列遠去。

這是要流放到高崎的忠長的轎子。

天氣非常寒冷，刺骨的寒風由轎子的空隙中吹進來，忠長不由得全身顫抖。

「這就是赤城風吧？」忠長默默地想。

像針一般尖銳的寒風，夾雜著沙塵，衣服上漸漸地沈積。

「土井利勝……你看看這次的醜態……。」

忠長痛苦地想著，忽然，轎子側邊映出土井的臉。

「我該死……。」

忠長忍不住蒙上臉，睜開眼睛時，土井的臉却又變成別木——戰國時代最後的一個武士。

據說別木直呼「家光公出戰……」，衝鋒至死。

「忠長公，請聽著……。」

別木是這樣喊叫的，雖然忠長沒有親耳聽到，但是別人提起時，忠長却能想像別木那種激動的神情和聲音。如今，忠長却覺得自己好像親耳聽到似的，腦海裏確也能描繪出別木高舉長矛，衝鋒而去的姿態。

「眞是死得轟轟烈烈！」忠長淒涼地笑笑。

忠長的流放地就在高崎城下的烏川斷崖上。六個榻榻米大的房子兩間，和兩間八個榻榻米大的房屋，對於在江戶城出生、長大，身爲駿府城主人的忠長來說，實在太狹窄了。

每一間屋子裏，隨時都有幾個武士警衞著，監視忠長的一舉一動。

屋子的三方以厚厚的塗牆包圍著，上面還有刺竹，以防忠長逃走。

鳥川是個荒涼的氾濫平原，西面的妙義山也是座險惡的峻山。

坐在桌子前面，偶爾抬起頭來，看看窗外流放地的景色，竟有些眷戀。

流放到這種荒涼地帶，當然沒有訪客，忠長無所是事，忽然想到要寫佛經。

他覺得寫佛經，可以將對運道的不滿，透過經文的每個字來洩恨，同時，也爲那些爲了擁護自己而死的人祈求冥福，土井利勝及其部屬，別木庄左衞門，還有因自己無能，而切腹自殺的鳥居土佐、朝倉筑後和久能美作。

一想到家光此刻的志得意滿，忠長就無法靜下心來，畢竟他只是個二十三歲的年輕人啊！

由於心思無法發洩，於是寫經便成爲唯一的安慰。

江戶那方面，家光正得意洋洋。

「現在只等朝廷册封將軍了。」

家光很高興地想著。依天下大勢來看，這件事是必然的了，由於家光所表現的決斷，只要一有反抗，那怕親如骨肉，也毫不寬容，於是天下諸侯完全歸附家光。

若自己上京都去請求册封，還得花費巨額禮品，如今，自己無須有所強求，朝廷也會册封將軍的，想到這裏，家光當然會躊躇滿志了。

「公子，現在該做的是，找個合適的女孩來當將軍夫人……」春日局笑著說：「世事多變，什麼時候會出什麼事，誰也無法料到，所以要快點生下子嗣……。」

「好，好……。你看阿萬如何？她曾救我一命，我覺得相當不錯……。」

春日局像老鴇似的，聚集了許多美女。

家光站在江戶城上，遙望富士山，自豪地說：

「你是天下第一名山，我是天下第一男子。」

這時候的阿萬，正和另一個女根來阿甜，在東海道上走著。

阿萬對於自己違背女根來的禁忌，非常自責。

「不要介意……妳可以向根來佛道歉，但不可向別人提起！……男的受傷，女的也受傷，甚至有人死亡，在這種混亂的情況下，妳喪失了純潔，卻使根來衆實現了美夢，我想根來佛只會誇獎妳，不會責備妳的。」

阿甜安慰阿萬以後，忽然又生氣地說：

「眞的，這種禁忌太不合理了……在女孩子青春的時候，定下這種禁忌，使我們無法享受青春……有些時候，我以「塡安」詐術騙對方的男子，眞想拋開一切禁忌，好好享受青春的樂趣……嘻——嘻——，家光公的替身武士有一副令人陶醉的體格呢！」

「提起勇氣吧！疾風他們還在根來等著我倆。」阿甜終於認眞地，精神抖擻地說。

二

差不多在同一個時候，尾張的德川義直一行人正離開江戶城，來到八幡神社前。

忽然有人由八幡神社跳出來，要求向義直申訴。

「我要向義直公申訴，請各位發發慈悲吧！」

那個人一面高叫著，一面衝向義直的轎子前面。

這個男子很快便被護衛武士逮住，但義直却說：

「聽聽他要申訴何事？」

於是那個男子被帶進義直的公館，義直問他名字。

「天野刑部！」那個男子答。

義直走到走廊，坐在那裏，仔細地看看申訴的人，這個男子一隻脚跛得很厲害，右臂也無法自由活動，雖然神容有些憔悴，却相當威武，與他的名字蠻配合的。

天野行過禮以後，便直接地說：

「我就是與津案件的主謀者。」

「是與津案件……」

義直不自覺地向前挪了一步，就是那個決定忠長流放的與津案件！這件事的內幕如謎，人們傳說紛紜。

「首先我要說明的是：那事件是為了陷害忠長公而設計的圈套。」

天野於是將他們到駿府以後，聚集許多浪人，被別木趕走，然後有個戴白面罩的武士出現，前後三次資助他們金錢，最後，還給他們子彈、槍、長矛等配備的事，一五一十地告訴義直。

「我們原本以爲那武士必是駿府中頗有份量的人，但那武士對他的身份、姓名絕對保密，我們便直覺地認爲他是駿府的人。」

天野還說出白面罩武士慫恿他們強迫駿府公起兵，和取家光公首級立功，所以浪人們才興奮地到興津河畔去襲擊家光公。

接著，天野又肯定地說：「在短兵相接時，我親耳聽到『三條卿還活著……佐源太，開火……』的話，接著又聽到六聲槍響。」

「眞──眞的嗎？」

「佐源太這個人，在大阪之役中我曾見過他一次，年紀和我差不多，他是以根來隱身術聞名的根來衆的首領。雖然有不少人都叫佐源太，但是，由他們攻擊的方式和開槍的手法，我判定他必是根來衆的佐源太。」

天野不知當時的佐源太，就是淵雁佐源太。

「至於那白面罩的武士究竟是何人，只要我能自由行動，一定會找到根來佐源太，問出其眞面目的……那白面罩武士的眼神、聲音，我都牢記在腦海裏，若再次碰面，我一定可以辨認出來的，遺憾的是，我已殘廢……。」

天野咬牙切齒地說着。

「我們的同志全被白面罩武士欺騙去突襲，忠長公也因此以慫恿浪人暗殺勅使的罪名流放……我們怎麼可以無視於這種陰謀呢？因爲我聽到「殺三條」這句話，所以勉強維持這條命到這兒來申訴，如果大人體諒我的眞誠，肯着手追查眞相，死去的同志們地下有知，也會十分高興的……。」

義直聽了他的話，覺得很茫然，想了許久，才謹愼地說：「你的意思是……殺死三條卿的人，就是討好你們的人……而討好你們的人……也就是家光公的護衞。」

「大人明察秋毫。我剛才忘了說：我所聽到的那聲音，我覺得很熟悉，會不會是白面罩武士？不過，當時正在生死之間，也許會聽錯。」天野說。

「……………」

義直心中閃過一個念頭：

「那是柳生的兒子！」

他向身旁的貼身武士耳語一番：「快！連夜去打聽柳生宗矩有幾個兒子？是什麼樣的人？」

尾張家有一個人名叫連也齋，他是宗矩的弟弟，在尾張家担任劍術指導，據說他的劍術不下於宗矩，但是他從不參與政治，只一意地研究劍術，是個淡泊、樸素的人。

「好，你的話我會記住。因爲你對將軍家有些忌諱，所以要暫住我家，這點希望你諒解。」

說完話，義直便站起來，這時，他覺得有些頭暈目眩。

「嗽……」他脚下用力，想着：「別木那傢伙……。」

記得當時別木曾要他別後悔，他還理直氣壯地說：

「我不後悔，我勸忠長開城投降，是爲了天下的安泰……」

如今，天野所說的話雖然眞僞不明，不過，他却強烈地感覺到：與津事件必是柳生的陰謀，柳生宗矩是什麼要都做得出來的！

進入書房後不久，派去調查此事的貼身侍衞回來了。

「連也齋說，柳生家有十兵衞、左門、又十郎和一個女孩……。」

據說左門和那女孩已死於非命，十兵衞雖猛勇，但性情爽快，而又十郎則是個有點小聰明的小人。連也齋提到又十郎時，還滿臉不快地說：

「這個人劍術談不上高明，不過，某些惹人討厭的地方，却與宗矩很相像。」

聽過之後，義直直覺地認爲：那個白面罩武士，必是又十郎無疑。

他心裏非常生氣，爲忠長所受的嚴厲處分感到不幸，他心想：雖然流放到邊地，至少每年該給他十萬石。

「柳生那傢伙，只是一介武士而已，却……。」

義直越想越氣憤。

※　※　※

松平伊豆守和柳生宗矩被義直叫進大廳。

尾張的義直，紀伊的賴宣和水戶的賴房，是德川家的三親王，並坐在大廳，令人覺得威風凜凜。

原本就害怕三覺王威嚴的伊豆守，似乎嚇了一跳。

一開頭，義直便以譴責的口氣責備他們驚人的陰謀，這些都是天野刑部申訴的事實。

「那種申訴毫無根據，是無稽之談！」

柳生宗矩傲然地回答。

「什麼……。」

義直目瞪口呆，說不出話來。

剛才三親王會合時，賴宣和謝房兩人，對於興津案件都很驚奇，三個人都爲了柳生宗矩的暴虐而氣憤不已。

雖然明知柳生宗矩不是等閒之輩，但是事實擺在眼前，推測對方不得不低頭，沒想到對方却以這種憤慨的口氣來反駁。

短暫的無聲之後，義直便勃然大怒。

「根來衆的事呢？」

「絕對無關。」柳生宗矩推得一乾二淨。

「你說不認識佐源太？」

「不錯……。」

「既然如此，那麼我們就調查那些根來衆和白面罩武士，如果查出你所言不實，證實忠長公蒙受不白之寃，到時候，我們三親王一定追究事件之曲直，以宏揚親王府的威嚴。」義直很堅定地說。

「請吧……。」

義直很憤慨地催賴宿、賴房離席。

柳生宗矩送走三親王之後，也覺得背脊涼了一截，死去的佐源太，還有淵雁佐源太、疾風、阿萬等人的臉龐一個個浮現。

「宗矩……」伊豆守顫抖地說。

「請不必担心？」

「可是……。」

「一切包在我身上！」

根來衆接到家光承認其存在的親筆書時，那種歡躍的神情，歷歷如繪地浮現在宗矩眼前。

「不得不派又十郎……。」

宗矩想到這裏，眉宇間頓時浮現殺氣。

三

日薄庵滋，柳生谷裏一片黃昏的景緻，冷風吹過山谷，發出尖銳的聲音，尤其黑谷的根來陣屋，風勢是更猛烈，發出咻——咻的聲音，好像根來衆的哨聲一般。

在一間臨時搭建的屋子前面，設有一個根來佛的祭壇，祭壇前堆積的木材，緩緩地昇起縷縷黑煙。

他們在擧行根來衆歸陣的儀式。

那堆木材是送亡魂的營火、營火房，整齊地排列着死者的遺髮，一束、二束……共有二十三束。三十四人出征江戶，回來時少了二十三個。

在遺髮旁邊，還放置二刄刀、印盒、哨子……等物，這些都是遺髮的主人生前所使用的東西。只有遺髮沒有遺物的死者，大多是無人知其死亡，或者同伴來不及替他取出遺物。

現在，所有的根來衆都聚在一起，只是年輕的小伙子却寥寥無幾了。

在擧行離巢出征的儀式時，整齊排列的兩排戰士坐位，如今只有八、九個生還的年輕人點綴其間，其餘大多是婦孺老幼。

疾風也出現在戰士的坐位上，但却看不到屋納幕。阿萬和阿甜也不在，這兩人還活着，不久便會回來。

淵雁佐源太跪伏在祭壇前。

誦唱歌十分低沉，好像是從地下湧上來一般。

淵雁佐源外祈禱了很久，才抬起頭，轉過身和大家說話。

「各位！根來衆完成了託付的重要任務……陣亡二十三人，生還者十一人，另有兩位還沒回來，相信不久以後就可再見到她們。在生還者之中，有的手脚殘廢，有的眼睛失明。戰死的，生還的，都奮戰不懈，我們打了勝仗……。」

「對……我們打了勝仗！」大家很高興地唱和着。

「現在讓我們一起慶祝吧！我們以喝酒、唱歌、跳舞來頌揚死者的勇氣。」

「喝——喝」又是一陣歡呼聲。

「我們要把死者留下來的教訓永遠流傳下去，戰死的人常留給我們許多以血汗換來的成果，尤其以此次的成果最輝煌——奪回根來鄉！我們要慶祝，要慶祝……」

淵雁佐源太一面興奮地說着，却一面淌下淚來。

「我們的祖先們都顯靈在根來火中，來到每個人的頭、膝和手脚上，和大衆共同慶祝，共同擊石頭、喝酒、唱歌……。」

當淵雁佐源太說完話，坐下來的時候，離根來衆較遠的十兵衞忽然站起來，向衆人說：

「這次的勝利，可賀可喜，我十兵衞謹代表家父向各位道謝，感謝各位的相助……。」

「我們託柳生家的福，才能得回祖先傳下來的根來鄉，該道謝的是我們才對……來，先喝酒再說……。」

「現在我要到大阪去……。」

「什麼……。」

「是爲了這個……。」十兵衞敲敲腰上的刀，笑了。

「我想要求各位，等我重回根來後，可不可以讓我參加你們一夥……也請你們替我搭個小屋子，還有她。」

十兵衞說着，指指剛才把酒壺交給疾風的女人。

那個女人嚇了一跳，衆人却高聲大笑。

「請你隨時來吧！這裏沒有一個人會拒絕十兵衞少爺的。」

「對！對！」大家齊聲附和着。

不知是誰先開始敲擊石頭，逐漸的，這個動作擴展到每一個角落。

敲着，打着，逐漸有了節拍，歌唱也開始了。

「各位！再見了！……」

十兵衞離開根來陣屋，敲擊石頭的聲音似在爲他送行。

當根來衆一邊悼念死者，一邊發出賀聲的同時，高崎的忠長，也有着困惑與喜悅的複雜心境。

流放地的第一個訪客是阿國！

阿國突然來到，不聽侍衞的制止，跨自走進來。侍衞警告她：「若再任意前行，要把妳關起來。」

阿國一點也不在意，反而威脅對方：

「如果你們眞敢那樣做，我的同伴會向全國宣告，說高崎的安藤大爺毫無人情。我只是個卑賤的歌舞團女子，若能在忠長公脚邊侍候他，我就心滿意足了，如果你們允許我的要求，我的同伴自然就不會喧鬧。」

安藤家覺得好難處理，對方是在全國巡迴表演，最容易喧嘩起鬨的歌劇團，如果她們造出毫無根據的謠言，而傳到將軍家，事情豈不更棘手？而且忠長公也需要有人在身邊照顧，於是就答應阿國留下來當婢女。

忠長看到阿國，差一點就要發狂起來。流放地荒涼寂寞，只要放置一朶野花，都會令人想入非非，難以入睡，何況是像阿國這樣的美女！

阿國身上芬芳的氣息，是忠長所熟悉的，此時此地相見，難怪忠長會情不自禁了。

「妳來幹什麼？」

忠長一手抓着旁邊的小桌子，深怕手一離桌，便會抓向阿國。

「你拋棄舞蹈、伙伴和許許多多觀衆的喝采，到這荒涼的地方來幹什麼呢？」

「我想來就來了……。」

阿國定定地注視着忠長，眼淚緩緩地淌下來。

「我以前很下賤，玩弄了妳……不過，現在的我，已經沒有那種力量了……。」

說着，忠長自我解嘲地笑了一笑。

「俗語說…不是冤家不碰頭，冤家見了面，有時含笑分手，有時却因懷恨而互相嘲笑……。」

忠長嘴角露出淒迷的笑。

阿國匍行地向忠長靠過去。

「不要靠近我……。」忠長趕緊制止。

「第一次，你用金錢買得我，第二次沒有買，也沒有賣……但第三次，却是我衷心地想回到大人身邊……。」

「不要靠近……不要……我只是流放地的囚犯……。」

「我只是河畔的乞丐。」

忠長抓着桌子的手不停地冒汗，終於滑落了下來。

當忠長恢復意識之後，他發現自己正擁抱着阿國的肩膀，他已經退到不能再後退的地步，他的心中好像有一團烈火在燃燒。

「來人呀！」忠長喊着。

「在。」差役在隔壁房裏囘答。

「替本座舖床吧……。」

忠長抱着阿國說。虎父不生犬子，他這副與生俱來的公子相，眞不愧是將軍家的後人。

四

屋外一片嚴寒，地面上白雪皚皚，一脚踩下去，脚踝必然埋在雪地裏。

「上川不吹風，也這麼冷嗎？」

忠長說着，呼出一團白白的氣息。

「駿河眞是溫暖……。」忠長回憶着說。

「春天就快到了！」

阿國一面把毛巾交給忠長，一面笑着說。

在阿國的服侍下，忠長洗完臉，在桌前坐了下來，他想起在駿府洗臉的繁文褥節，苦笑地說：

「洗把臉何必那麼做作、麻煩呢？」

「我替你梳頭髮。」阿國走到忠長身後。

忠長想起從前專門侍候自己理髮、修髮的小男孩，如今，却由阿國這個女人來做這項工作。

「阿國，一般人到底怎麼生活的？」

「每個人的生活方式都不盡相同……。」

「像我這種角色，是否也能活下去？」

「很難說……。」

「我已習慣這種不自由的生活。」

忠長說着，轉轉脖子，看着阿國，他的眼睛靈活地傳達他心中的話：我們一起逃走吧！

阿國是個聰明人，她了解忠長的心語，也以眼神回答：怎麼可能！

忠長眞的想逃離這個地方，以眼睛和阿國交換過意見以後，心中不禁湧起一片苦楚，安藤家的監視如此嚴密，只要一有動靜，他們一定會派人追捕的，那能逃得掉？於是忠長只能讓這份淒苦慢慢地呑噬自己的心靈。

吃過早飯後，忠長說：

「今天不寫經了，阿國，說一說家鄉的生活情況給我聽吧！怎麼工作的？吃的是什麼東西？何時覺得歡笑、悲哀呢……？」

忠長眞想拋棄武士的身份，做個藉藉無名的平凡百姓，過一般人所過的安定生活。退一步想，若不能當百姓，就剃髮出家，做個能在草原上、深山中來去自如的僧侶吧！

對江戶那方或高崎這一方來說，讓忠長除去武士之名，總比把他囚禁於流放地方便得多，果眞能如此，豈不皆大歡喜？但，是否能如願，那就難以逆料了。

忠長向阿國傾訴心聲後不久，他就聽差役說：柳生宗矩來到高崎，下午就要到流放地來了。

這時候，忠長已完全覺悟了。

差役開始清掃後，阿國也發覺情況不對。

「阿國，跟我來！我要聽聽妳的生活情況。」

忠長說着，來到院子，把椅子放在陽光照射得到的地方，緩緩地坐下來。

「我的家鄉叫木次里，是深山裏的小鄉鎮，由出雲沿着斐伊河直往上游走，便可到達……」

阿國開始說下去。

「這時候的家鄉，積雪可能已有兩個人的高度了……。」

她的眼淚不斷地沿着面頰淌下來，仍然以濃濃的鼻音敍說故鄉的生活動態。

「多季外界酷寒時，我們常常圍在火爐旁邊烤地瓜，拿着地瓜在手掌裏翻來翻去的，同時唱着：『燙——燙——燙——，法念和尙飛出去……』的小歌……。」

阿國只覺得喉頭被梗住，再也說不出來，唱不下去了。

「積雪眞有那麼高嗎？……地瓜眞的那麼燙嗎？」

「大人……。」阿國抱住忠長，放聲地哭。

太陽逐漸西移，柳生宗矩就快到流放地來了。

「阿國，不要傷心，這是命……。」

忠長抱着抽噎的阿國，溫柔地撫慰着。

「我什麼都不會，只記得這麼一點點……『別人能做的，我也能，大家有衣服穿，我也想縫製衣裳，苦的是棉花不够，只能縫件無袖的上衣，把做好的破衣裳披掛在肩膀上，混混日子，房子沒有床，就躺在地面的稻草上鼾睡一晚，一家人睡在一起多溫暖，老母在我枕旁，妻兒依偎在我的脚邊……。』」

忠長幽幽地唸着歌詞，眼裏浮現淚光，熱淚沿頰而下。

「大人……阿國……阿國……也要陪你一道去……。」

「不要胡說……雖然我只有二十三歲，便得面對死神，這一生就像朝露一般地消失，但是，能與妳相識，我已經心滿意足了……現在，身旁有心愛的妳來送終，我覺得自己比家光幸福。現在妳可以走了，要好好地活下去，仔細地看看人世間萬事萬物的遷移，知道嗎？阿國……。」

『在茅屋裏，歌吟解憂，渾然忘我，火爐從不曾升火，飯也忘了煮，屋子裏佈置蜘蛛網……」

忠長繼續朗誦歌詞，那是長歌的一節，是他的文學老師教他的。

記得老師曾經說過：「在上位的人應該通達下情，體恤百姓疾苦，千萬不可失去人性……

……」

這天黃昏忠長牢記着老師的教訓，但是，如今這寶貴的教訓將隨他而逝。

柳生宗矩終於來了，他嚴厲的眼神掃過忠長的臉，然後以鏘鏗的聲音宣讀家光的本意：

「前駿河大納言忠長，賜切腹……。」

忠長嘴角微撇，露出揶揄的微笑，不斷地點頭。

※　※　※

柳生宗矩坐陣關東。在距離關東一百五十里的柳生陣屋，又十郎正在和根來衆說話。

「上一次家光公給你們的親筆書，現在開始生效，各位趕快準備回根來鄉——你們的基地——去吧！」

根來衆欣喜若狂，很快拆除臨時搭建的屋子，收拾行囊，一行五十多人，拖著貨車，荷著重擔，携家帶眷地出發。

這個消息實在太令人振奮了，生病的根來衆一聽此消息，立卽精神百倍，忘了全身的病痛。

阿萬也囘來了，她原本覺得羞於見疾風和衆人，但是，一想到可以囘到根來鄉，便把羞怯拋到九霄雲外去了。

離開柳生陣屋，必須走一段上坡的山路。

「我們囘到根來鄉重建家園以後，會很快地寫信通知少爺，歡迎少爺到根來鄉玩！」

「請向令尊和令兄轉達衆人之意。」

根來衆依依不捨地告別。

淵雁佐源太、平嘴、疾風或阿萬，都曾和又十郎並肩作戰，想起當初在江戶、駿府和京都等地的奮戰，就叫他們留戀，不忍離開又十郎，但是，這次的分離沒有悲哀，因爲這羣根來衆都歸心似箭。

根來衆不斷地向前行，一路上頻頻囘頭揮手，走著，走著，終於隱沒在山谷裏。

「好了吧？」

柳生又十郎轉身看看侍衞，傲然地揚揚頭，嘴角浮起冷漠的笑，但很快便消失了。

侍衞很快地離去，不久便牽回馬匹，也帶來了步槍隊。

柳生又十郎跨上馬，威武地對侍衞們發令：

「去！以埋伏的人開火爲信號，知道嗎？無論是女人、小孩，甚至嬰兒，一個也不能放過，那些倒下去，看似死了的人，也得補上一刀，見一個，殺一個，絕不能有漏網之魚！」

那批根來衆毫無戒心地在森林裏走著，身負重擔，爬山、行路，都不覺得苦，談笑聲就像小鳥的叫聲一般，在森林中廻響，他們滿懷興奮地想趕回根來鄉。

一向訓練有素，對作戰的態度頗爲謹愼的根來衆，這次竟然沒有派偵察兵先行，也沒有留人殿後，也許是上帝已拋棄了他們，才會使他們如此疏於防備吧？這羣善於使用火箭的根來衆，這次竟然連步槍、火繩的味道都聞不出來！時乎？命乎？

他們太信賴前後十幾年同心協力並肩作戰的柳生家族了！

這時，突然傳來槍聲！

十多個人同時倒下，哀號聲四起，接着第二次槍聲又起，射擊從不間斷！不久，子彈由前後射來，淒厲的小孩叫聲響遍整個森林。

淵雁佐源太、平嘴等人的身體，被無數子彈貫穿，百孔千瘡，不支倒地；瑪克里正想躍上樹木，遲了一步，還是被打了下來；希哈拉揚起雙刃刀，猛力往前衝，跑了兩步，就被擊中倒地。

因爲槍擊的衝力，小孩一個接一個地滾下坡路；一個抱著小孫子的老太婆，背部被子彈開了個洞，老年人、女人也中個個隨著槍聲倒下去。

歐姆希高叫著：「伏下來！趕快伏下來！」

但是他自己却先倒下去了！

疾風伏在阿萬身上，藏在行李後面。阿萬的脚被槍射傷了。

槍聲停下來，接著一羣人由森林後呼嘯著衝過來。

「好！現在開始看我的！」

疾風大叫著站起來，但馬上嚇了一大跳，因爲跟他一起站起來的根來衆不及二十個，而且一身是血。

「傻瓜！」

在敵人的攻擊聲中，喀沙瑪更高聲地叫著：

「趕快抬著阿萬逃走，你要逃走，把根來衆的怨恨和血債告訴我們的子孫！」

喀沙瑪一手推疾風到一旁，同時高聲叫著：

「同志們！請以我們身上的血，爲疾風鋪一條逃生的路！」

「喝——」義憤所激，衆人高聲附和。

還活著的人掩護疾風，阿萬逃走，途中看到呼救的小孩，年幼的稚子，遭此劫難，叫人心酸！

「眞可憐……。」

「放棄他……？」

在他們逃走的路徑上，也有柳生的侍衞，當然免不了短兵相接，不久，後方又來了一批侍衞，前後夾擊。

疾風等人聚在一堆，背靠著背，一起作戰。

「走！」喀沙瑪對疾風使個眼色。

「知道了！」

於是疾風和阿萬躍上樹木，由敵人的頭頂上逃走了，當他們跳下來時，又看到人影，驚惶未定的疾風和阿萬當然飽受驚嚇！定神一看，原來是喀沙瑪，他正以布條繫綁被射斷的脚課。

三個柳生的侍衞神不知、鬼不覺地來到他們附近。

「快逃！」喀沙瑪高叫一聲，便利用那未受傷的一脚向對方衝過去，此情此景，疾風當然不能逃，便奮力殺死了二個，另一個則與喀沙瑪同歸於盡。

喀沙瑪臨死之際，微微一笑，搖了搖脖子，叫疾風快走。

「知道了！」

於是疾風便揹著阿萬逃亡。

雖然疾風傷痕纍纍，但一想到已逃離虎口，身上的傷痛也就微不足道了。

阿萬的右腿被子彈射穿，敷藥之後，已逐漸好轉；另有一個未離巢的小孩，雖然右臂被射斷，但總算活下來了；阿甜藏在行李堆中，也奇蹟似的逃過死神的魔爪。

這四個大難未死的根來衆，自然聚集在根來鄉。

他們隱居在根來鄉祖墳之地，已有十天了。

也許上帝垂憐這羣抗拒死亡命運的根來衆，才留下這四個人吧！但是，往後的日子，又該如何度過呢？

當這四個人開始吃晚飯時，忽然聽到根來的吹哨聲。

「有人活下來……。」

他們興奮地說著，只留下阿萬，三個人跳了出來。

「啊！」一跳出來的人不由得嚇了一跳，而且立即畏縮起來。

「找了又找，總算讓我找到了。」

柳生十兵衞笑著站在那裏。

三個人竦然恐懼，只是一瞬間的事，很快地，他們便向三方面散開，包圍著十兵衞，拔起兩刃刀，怒目注視著中央的十兵衞。

「咦？這是怎麼回事？你們還是……！」

十兵衞被眼前的情勢嚇了一跳，情急地叫了出來：

「等一下！這是爲什麼？……。」

「我們全族被趕盡殺絕……。」

「什麼？……是誰幹的？」

「又十郎……虎口逃生的只有我們幾個。」

「……」

「族人的血海深仇……。」

「啊！等一下！」十兵衞很快跳開：「莫名其妙……你們……等一下！」

十兵衞由腰間抽出兩把刀，刀連鞘一起拋在地上，激動的大叫：「快說經過情形給我聽！」

五

江戶城的大廳裏，家光坐在首位，左右有勅使勸修寺光豐，還有三親王、將軍的親戚和幕府主要官員及各諸侯，在場人員都戴冠束帶，威風凜凜，依序排開。

使者走到庭院，向正廳鞠躬爲禮，然後高叫兩聲：

「升遐……升遐……。」

另一個使者走出來，交給公卿大澤一只木箱，木箱裏面裝有天皇册封家光爲徑夷大將軍的勅旨。

家光自大澤手中接過天皇勅旨以後，便擁有徑夷大將軍，源氏長者，奨學、淳和兩院別覺，牛車兵仗等官職。

家光的臉因興奮而發紅，漸漸地滲出汗來。

松平伊豆守跪伏在一旁，努力地壓抑自己不要顫抖。

柳生宗矩的表情和平常沒有兩樣，只是面頰失去原有的光澤，好像有些憂慮的樣子。

春日局是大內總管，他面對外面，跪伏在榻榻米上，但仍無法抑制奪眶而出的熱淚。

正當大家興奮無比的時候，柳生十兵衞獨自在隧道裏，頂端的水滴不斷滴落，發出細微的聲音。

這個隧道是連接江戶城和柳生住宅的秘密通道，除了柳生宗矩、十兵衞和又十郎之外，沒有人知道。當宗矩要推動擁戴家光的運動之前，才告訴孩子們這個通路的秘密，所以左門和茜都知道這件事，不過，此二人已去世了。

這個秘密通道可能就在護城河底下吧！否則為何滴水如此嚴重，而且積水深度已到十兵衞的膝蓋了呢？

躲在隧道裏的十兵衞，正想去做一件驚天動地的大事。

終於天暗下來了！

家光已經非常疲憊，但却興奮得無法入眠，他的神志仍很清醒，只是覺得胸腔裏熱血沸騰。

夢想已久的將軍名銜，今日終於得到了，怎不令他欣喜若狂呢？

家光突然心血來潮，就獨自來到佛堂，那是個寬大的佛堂，佛堂裏排列著歷代德川族人的靈牌，忠長的靈牌也在佛堂裏，不過，家光的眼光，只是集中在父親秀忠的靈位上。

家光獨自端坐在佛堂裏，那種嚴肅、端美的姿態，伊豆守和宗矩都不曾見過，這種像哲學家、聖人的姿態，對家光本身來說，可能也是第一次吧！

家光喃喃地說：

「爹，我違背你的意旨，接受大將軍的任命，我並沒責罰下手毒殺你的人，反而藉助他們的力量，殺死親弟弟忠長。」

家光的眼裏加添了無限光彩。

家光注視著靈位，默默地想著：「可是，我並不後悔，素來你給我的，只是憎恨，我這樣做，可以說是爲了防衞自己，克服最惡劣的環境，才起而奮鬭……。」

家光挑起嘴角，微微一笑。

「如今我獲勝了……我打敗了弟弟，甚至打敗了你，也許這是我命裏註定要走的路，所以才會遇見父親殺父親，遇見佛陀殺佛陀，從不退讓……。」

想著，想著，家光以憤怒的眼神注視靈牌，叫了起來：「爹，你有什麼話說？」

這時候，響起一個微細的聲音，像是在回答家光的問話似的，家光趕緊回頭細看。

有個模糊的影子站在那裏。

「什麼人？」家光厲聲問。

家光以爲那是秀忠的亡魂，不料，那影子却走了過來，說：「柳生宗矩的兒子十兵衞三嚴。」

「……？」

家光垂下頭，好像對十兵衞的來此覺得莫名其妙似的。

突然十兵衞發出激烈，尖銳的低叫。以懷中抽出武士刀影一閃。

家光的腦袋頓時落地！

※　※　※

朦朧間，柳生宗矩覺得情況不對，馬上清醒過來，跑到刀架旁，拿起一把刀。

「十兵衞……。」紙門那邊傳來這聲音。

柳生宗矩放下了心，把刀掛回刀架上。

紙門同時打開，十兵衞茫然地站在那裏。

「現在幾點鐘了？你還來幹什麼？」

柳生宗矩說著，吸了吸氣，好像嗅出什麼異味似的，臉上露出奇異的神情。

十兵衞把斜掛在腋下的竹笠向前拋出來。

於是一個首級滾落在地上。

「這——這是！……」

「爹，這不就是你最想要的人嗎？」

「主——主——公……。」

柳生宗矩臉色蒼白，不停地發抖，這是十兵衞頭一次見到父親驚嚇的臉孔

「爲了他，你殺了許多人，就只爲了這個人……。」

「……」

「爹，你消滅了我心中認爲最重要的，無法取代的對象，根來衆，所以我才放手去幹，如今，我已替他們復仇了！」

柳生宗矩深深地吸了口氣，然後發出令人毛骨悚然的笑聲。

「那樣的首級你想要幾個？混蛋！你砍殺了替身武士……。」

「什麼……？」

十兵衞的臉一下子變得蒼白異常，但他很快地回道：

「但是，他在佛堂裏，一個替身武士怎麼可能在佛堂，而且還是獨自一個人……」

柳生宗矩已停止狂笑，以銳利的眼光盯著十兵衞——突然宗矩飛向刀架，拿起大刀，由下而上砍向十兵衞！

只是一瞬之差，十兵衞的腰際也是白光一閃。

「……！」

「……！」

十兵衞以手遮著一隻眼睛，血液汩汩地從手指的間隙流出來，十兵衞以快如飛鳥的速度跳出房間，隱沒在黑暗裏。

二個貼身侍衞茫然的站在那裏，顯然他們是被剛才的那一幕嚇壞了。

柳生宗矩用手按著腹邊，血液順著手指緩緩淌下來。

「換衣服！」

宗矩大聲吩咐，那兩個侍衞恢復自我以後，發出悲鳴般的聲音，快步跑到宗矩身邊，宗矩脫下睡衣，腹部有五寸深的傷口，腸子都幾乎要露出來了。

宗矩撕破睡衣，綁著腹部，下令道：

「叫又十郎！」

等又十郎來的時候，宗矩將首級交給他，說：

「不要驚慌，也不要多問，跟我來！」

他帶著又十郎走過秘密通道，來到江戶城。

佛堂裏，有個沒有首級的屍體躺在那裏。

宗矩靠過去，伸手探探屍體的胯間，頓時楞在那裏。

「又十郎，叫伊豆守來，也請醫生來，把這首級縫到屍體上去……不要慌張，主公在正廳中間封閉的房間裏，知道嗎？主公在封閉的房間裏。你跟伊豆守要對他敬而遠之。」宗矩一口氣說到這裏。

「敬而遠之……。」

又十郎遵從父親的話，點點頭，然後鞠躬，退出佛堂。

又十郎退出後，宗矩突然像要垮下來一般，他以顫抖的手把家光的首級放在屍體上，開始哭泣。

「主公……主公……。」

那種淒厲的哭聲，就像一個女人喪偶般的哀慟。

不久，慟哭的聲音停止，柳生宗矩的臉變得毫無血色，而且痛苦使他的臉歪歪扭扭的。腹邊的和服一片殷紅，血漬把衣服都染濕了。

「哈——哈——哈！混蛋！」

宗矩又是大笑，又是大叫的。

「德川的天下穩若磐石，二代將軍秀忠做不出來的事，却由我一個小小的武士柳生宗矩完成了。要想維持國泰民安，不是一個人獨力可以支配的，所以絕不能以個人的好惡，就斷定這孩子可愛，那孩子可恨，而隨意地變更成規，最重要的還是傳統的形式，哈——哈——，形式……。」

混蛋……他在心裏自言自語地暗罵，罵的是他的兒子十兵衞。

「哼！你取得家光的首級，還是不能消滅德川家。」

宗矩的意識逐漸模糊。

「形——形……。」

他喃喃地說著，緊握著家光的首級不放，漸漸地，他覺得四周一片白濁。

「我要等到伊豆守來……。」

他心裏這樣想著，便意圖以堅強的意志力支撐下去，無奈死神的腳步已逐漸接近，他終於上身前傾，倒地而死。

※　　※　　※

宗矩說得不錯，德川的天下並未因家光的死而有所動搖，他臨死之前念念不忘的形式，便是封建社會的根本，由於這個堅固的礎石，使得德川的天下又維持了二百五十年的安泰。

儘管柳生宗矩是個爲了達到目的，不擇手段的武士，但在臨死之時，仍流露出君臣之情，也就是因爲這樣，才使得二百五十年後的德川慶喜不得不將政權歸還天皇。

※　※　※

晴空萬里，白雲悠悠，眼前是一片青翠的山脈。

遠遠的山頂上有五、六個人在行走著。

那是十兵衞、疾風、阿萬、阿甜和小巳，現在的他們何去何從呢？只見那遠遠的影子時跑時停，有時小影子超越大影子，有時又被趕了過去，像在捉迷藏一樣。雖然距離太遠，聽不見他們談話的內容，但是，很明顯地，他們一行人行走在歡笑聲中。

他們的影子愈來愈遠，終於消失在山的那一邊，只留下一片寂靜的天地。